路弯弯

郭强 著

台海出版社

图书在版编目（CIP）数据

路弯弯 / 郭强著 . -- 北京 : 台海出版社 , 2022.4
ISBN 978-7-5168-3289-9

Ⅰ . ①路… Ⅱ . ①郭… Ⅲ . ①随笔－作品集－中国－
当代 Ⅳ . ① I267.1

中国版本图书馆 CIP 数据核字（2022）第 062039 号

路弯弯

著　　者：郭　强
出 版 人：蔡　旭
封面设计：中尚图
责任编辑：王　艳

出版发行：台海出版社
地　　址：北京市东城区景山东街 20 号　邮政编码：100009
电　　话：010-64041652（发行，邮购）
传　　真：010-84045799（总编室）
网　　址：www.taimeng.org.cn/thcbs/default.htm
E - m a i l：thcbs@126.com

经　　销：全国各地新华书店
印　　刷：天津中印联印务有限公司
本书如有破损、缺页、装订错误，请与本社联系调换

开　　本：710 毫米×1000 毫米　　1/16
字　　数：142 千字　　　　　　印　　张：11.5
版　　次：2022 年 4 月第 1 版　　印　　次：2022 年 4 月第 1 次印刷
书　　号：ISBN 978-7-5168-3289-9
定　　价：59.00 元

这本书写得杂乱无章，但却记录着我真实的经历和感受，也是我发自心底的声音。

从懵懵懂懂的少年，到花甲之年的如今，从乡下的农村到城里的工厂，在人生之路上我已经历了许多，一路坎坷，一路艰辛。但在这大半生的岁月中，我虽然有过彷徨，有过消沉，有过迷茫，甚至还有过颓废，但在大部分时间中我是努力的。我还可以自豪地说，我无愧于自己，虽然我是普通的、平凡的，是沧海中的一栗，但当我勾画着自己的一生的时候，才觉得自己并未虚度光阴，不曾遗忘那些深刻的岁月。

目 录

Contents

辑一
一方春

黄色的大山渐渐绿了起来。一开始，只有星星点点的绿，接着扩散成一片一片，最后蔓延到整个东山。绿色的山带来了春天的暖意，也带来了振奋和希望。

辑二

一斛雪

雪使人心静，让人有一种回归自然的安定。雪静静地下，仿佛一切都安静了下来，人们遥望着雪景，聆听着窸窸窣窣的落雪之音，内心便有了一股莫名的力量。

辑三
一席清风君且行

风中弥漫着草的味道，芳香的、浓厚的、纯真的。空无一人的山野间是热闹的，也是自由的。

辑一 | 一方春

黄色的大山渐渐绿了起来。一开始，只有星星点点的绿，接着扩散成一片一片，最后蔓延到整个东山。绿色的山带来了春天的暖意，也带来了振奋和希望。

那是一个很小的土炕，由石块和黄泥砌成，比普通的农家炕小了很多，勉强可以躺下三个人，连翻身都困难。炕很窄，也很短，我每每睡在炕上，头会耷拉到炕沿外，只好斜躺在炕上，脚伸到炕角，头枕在炕沿上。炕沿也是用黄泥砌的，已经被磨得光秃秃的了，早没有了炕沿的模样。

炕的前脸凹凸不平，炕面是用不规则的石板铺成的，石板上面抹了一层掺了稻草的黄泥。

炕前有个锅灶，因为要给生产队的牲口们烀饲料，锅灶一年四季都烧着，所以炕也总是热乎乎的。由于长期的烟熏火燎，抹炕的黄泥裂出了大大小小的缝隙。锅灶烧火时，会从炕面上、四周的缝隙间冒出丝丝缕缕的青烟来。

炕面上留下一层干掉的黄泥粉末，风一吹，这些粉末就在饲养室里飘飘洒洒，弥散在空中。热热的炕，轻轻的烟，把炕席熏成了脆生生的黑黄色，也是一副支离破碎的样子。

除了炕和锅灶，饲养室里还放着一口水缸，水面上总是漂浮着细小的草屑和尘埃，这是牲口的饮用水。偶尔半夜口渴醒来时，我也会把头伸进缸里，吹开那些草和灰，吮吸着缸里的水。

饲养室四面透风，抹墙的黄泥已经脱落，可以从大大小小的石头缝里看见饲养室外面的光景。从北面的墙缝可以看到成片的苞米地，可以看到蒙蒙的雨或飘洒的雪；从东面的墙缝可以看到饲养棚里的牲口，那些马、骡、牛、驴总是会闹出各种各样的动静来，还伴随着浓浓的气味；西面是生产队的仓库，是存生产队化肥的地方；南面便是生产队的大院，院子挺宽敞的，院子里也有用石头和黄泥盖成的各式各样的房子，有堆放各种农具的房子、有储存粮食的仓库、有存放农具和农药的屋子、有羊圈……生产队大院所有的房子都看不到一片瓦，也没有一块砖，由泥土和石头盖成的房子经过日晒雨淋都变了样，扭歪歪、光秃秃的。没有一间房是不透风的，也没有一间房是不漏雨的。

囤放化肥的房子透出一股浓重的气味，是过磷酸钙、碳酸氢铵和尿素混合在一起的味道，这些都是易挥发的肥料，刺鼻的气味会从墙体的缝隙中源源不断地钻进饲养室里。

饲养室的东面是牲口棚，那里总是热闹的，各种牲口满满当当地挤在一个棚里。马和骡子是牲口中的贵族，它们紧紧地挨着饲养棚，地面上铺着石板。马和骡子是站着睡觉的，也是站着尿尿的，排尿时会发出哗哗的声响，听上去好似河流奔腾一般。它们还经常用铁蹄掌不停地刨着石板地面，发出咚咚的声音，不时嘶鸣两声，这些声响在寂静的夜里格外响亮。

牛是反刍动物，它们在晚上会闭着眼睛趴在地上，嘴里不停地咀嚼着，发出类似磨牙的声音，但是比磨牙的声音要大许多，吱吱嘎嘎的，听得人的心脏都跟着发颤。

驴相对老实许多，干的活少，吃的料草也差一些，经常伸长了脖子，发出"呜啊呜啊"的叫声，好像在表达对草料的不满。有这些牲口在，饲养棚向来是生产队大院里的一个热闹场所。

饲养室的南面一处宽敞的院子，大多时候七零八落地堆积着牲口的粪便，吸引来无数的苍蝇。雨季的时候，院子就像一个大水塘，到处是湿黏的黄土；雨若是下得再大些，那混着牲口粪便的雨水就会倒灌进饲养室里，跟着趁乱涌入的还有乱飞的苍蝇和嗡嗡叫的蚊子。

最难熬的是冬天，呼啸的北风从四面八方灌进饲养室，寒冷彻骨，冻得人瑟瑟发抖，不停地打冷战。

夜里睡觉只能把头蒙进被子里，早晨起来，被子都被冻成了硬邦邦的一块，好在炕还是热的，令人无奈感叹："火烤胸前暖，风吹背后寒。"

我在这间饲养室里住了两年，正值青春年华。初到农村时，对未来满怀憧憬，踌躇满志。那年，我刚满十八岁。

生产大队的韩延江书记对我说："小郭啊，派你到生产队去是要吃苦的，你要有吃苦耐劳的精神，你要坚持下来，要像钉子一样牢牢地扎在生产队里。"

韩书记把我派到生产队里，是寄托了很大希望的。

我坚定地答应下来，在此之前我对于艰苦的吃住条件、劳累的农活是有所耳闻的，可现实情况却仍令尚且年少的我难以适应。我认识了此前未曾接触过的一群人，虽然有些想法与习惯我们无法共鸣，但他们朴实、憨厚的一面令我始终难忘。这是我从不曾有过的经历，有那么一段时间，我是孤独的、茫然的、筋疲力尽的。

我一心一意要扎根在生产队里，想干出一番成绩。对于怎样才算成长，我却是迷茫的。于是，我索性当一个劳动力，风雨不误地和生产队的社员们一同干活，我认为那就是锻炼，是成长。

最开始的那段日子，我每天都筋疲力尽、苦不堪言，有时甚至还会偷偷地哭泣。我经常一个人躺在那张小小的土炕上，望着屋顶发呆。

我也曾想回到青年点里去，那儿有大队新盖的瓦房，农活也不算太累，更不必为复杂的人际关系而苦恼，但我又无数次地打消了这样的念头。心中所怀之理想愈是高远，那么实现它的道路便愈是艰难。

那时，吃饭是个大问题，好在公社在生产队里修建了提水站，那儿有个食堂，我一日三餐都在那里吃。只是在食堂吃饭也是需要粮票的，青年点里虽然按标准给每个人发了粮票，但我正是最能吃的时候，又常干体力活，发的粮票自然是不够吃的，必须省着吃，即便如此也总是挨饿，好在母亲经常给我送粮票来。

记忆最深的一次，母亲来了，却没有提前告诉我，那时也没有可以即时联系的通信工具。

我尚未来得及梳洗，一副蓬头垢面的模样，出来迎接母亲。本就讷言的我说不出一句话，在此般情形下也确实不知道该说些什么，一种从未有过的委屈情绪漫上心头。艰难的生活条件从不曾令我退缩半步，可彼时我却突然有些胆怯，我担心被母亲看到这一切，尤其是我住的那饲养室。

母亲看了看我碗里的午饭，是苞米面蒸的窝窝头和炒土豆丝，土豆是很新鲜的，但没有一点油水。

母亲又看了我睡觉的地方，那间又小又破的饲养室。母亲紧绷着脸，紧皱着眉，久久地沉默着。我看到母亲的眼睛里含着泪水，心中一酸，差点跟着落下泪来。

两年时间里，我一直住在饲养室，那是一段刻骨铭心的经历，也是我一生中不可或缺的历练，是不能忘却的一段磨砺之路。

每当我要打退堂鼓的时候，心中总会有一股莫名的力量激励着我，言犹在耳："故天将降大任于是人也，必先苦其心志，劳其筋骨，饿其体肤，空乏其身，行拂乱其所为。"我自幼便喜欢看书，书籍令我受益匪浅，算得上是一位能时刻提醒、激励我的伙伴。

奥斯特洛夫斯基说过："人最宝贵的是生命，生命每个人只有一次。人的一生应当这样度过：当他回忆往事的时候，不会因为虚度年华而悔恨，也不会因为碌碌无为而羞愧。"

在那个火红的年代，在那段激情燃烧的岁月，我读过的每一本书、每一段文字都在鼓舞着我，迫切要求进步的渴望在激励着我，还有无数优秀的榜样在鞭策着我。

正是这些源源不断的精神力量，支撑着我跨过了无数的艰难险阻。

我还记得，生产队的饲养员叫王元高，是一个地地道道的农民，不善言辞，木讷憨厚。他总是不言不语，又对我关心备至。

我身为生产队长是要带头劳动的，而且要负责安排农活，想做好这些就要懂得一年四季的规律与农活的先后顺序，还要了解乡民们的性格与习惯。这一切对于初来乍到的我而言，简直是如山一般沉重的压力。

在农忙的季节，我经常手足无措，疲惫不堪，累得吃不下饭，上不去炕，换下的衣服更无暇理会，浸满汗液与尘土的衣服堆放在盆里，在炎热的夏季沤出了难闻的味道。王元高见到了二话不说，连盆带衣服一同端回家去，请他的爱人于淑英帮忙清洗干净，叠得整整齐齐的，放在土炕上。这令我感动至今。

王元玖是生产队的会计，也是一个木讷的人。村里人整天劳作，很少有说话的场合和机会，更少有伶牙俐齿、能说会道的。

寒冷的冬夜，北风呼啸，烧热的炕也很快就凉了下来，烧炕的草不多了。我瑟瑟发抖地蜷缩在炕的一角，守着空旷的生产队大院，冻得难以入睡，只想赶紧挨过这一晚。

这时，王元玖踏着雪、顶着风赶来了，怀中还抱着一捆苞米秸秆。他把炕重又烧热后，也脱鞋上炕，和我唠起了家常，不善言辞的他陪伴我度过了那难挨的冬夜。

每年腊月，农村都要杀猪。一到腊月，饲养室的桌上便时常出现炖好的猪肉，都是乡民趁我不在时送来的，我却不知道是谁家送的。除了猪肉，那张破旧的木桌上还经常出现菜饼子、地瓜、土豆……送来这些的人不图回报，诚心实意，他们广阔的胸怀里装着满满的深情厚谊。

淳朴的乡民们用一颗颗真心温暖着我，这股温暖的力量也成了我坚持下来的动力。渐渐地，我的情感发生了变化，我对乡民们有了感情，对简陋的饲养室也有了感情。

每到夜晚，饲养室总有人来，他们或与我闲话家常，或教我如何安排农活，或插科打诨笑闹几句，热闹的气氛将一方陋室映得温暖如春，温馨如家。

　　我要回城读书了，从一个下乡青年变成一个在课堂上安安静静学习的学生，从激情热血中冷静下来，面对现实。在乡下的那段时间虽然是劳累和艰苦的，但是几年过去，我已经适应了那种环境和氛围，那种轰轰烈烈的生活。

　　在农村时，我的心中一直有一个信念，要在广阔的天地里锻炼成长，出人头地。我也自认不曾有一刻愧对这个信念。

　　如今，风向转变了，青年们逐渐认识到了知识的重要性，争先恐后地想回到城市，或继续读书，或进入工厂，总之要结束这种面朝黄土背朝天的生活。大家似乎已忘记了曾经的誓言，那种热烈燃烧的激情也被一捧名为现实的冷水浇灭了。

　　我的思想也发生了巨大的转变，我要读书，我要学习，我要上大学，我要用知识改变自己，这才是与时俱进的出路！

　　我从田野里走出来，把青春奉献给了广阔天地。对于这段难得的经历，我从无怨悔，但我明白已经到了必须做出改变的时刻，国家的发展需要有知识有素养的新鲜血液，一条崭新的道路正在我的眼前铺展开来。

　　这是个巨大的转变，更是个艰难的抉择，但是我必须适应！

后来，读书也成了我的另一段坎坷且深刻的经历。在人们的观念里，回城读书是有前途的事，总比在农村干农活要轻松，但事实却并非如此。

一

我是一个不甘平庸的人，也是一个要求上进的人，几年来养成的习惯已深深根植于我的心中，虽然回到城市了，但我依然沉湎于曾经苦干、实干的氛围中。读书却是件完全不同的事，学习需要默默无闻，需要专心致志。我很难适应这种转变。

在学校里，在课堂上，我始终静不下心来。在我的脑海里总是浮现出广阔的田野、高高的山岗、一片一片的果园，还有那忙忙碌碌的春夏秋冬，林林总总做不完的农活，以及憨厚、淳朴的乡民们。我总觉得那才是我施展抱负的地方，是能够令我成长的地方。

因此，我和很多同龄人的观念大相径庭。

"你的学习成绩太差了！"老师语重心长地对我说。我从老师的眼神中读出了恨铁不成钢的意味，我也分明从同学们的目光中看出了鄙夷与不屑。

我成了一个孤独的人，毕竟谁愿意同一个不思进取的同学交往呢？

我看着不及格的试卷，呆坐在椅子上，耻辱、无奈、悔恨的情绪涌上心头，我既无地自容，又伤感万分。

我竟然落到了如此地步！

如今，我也到了应该帮家里减轻负担的年纪了，一些同龄人已经开始挣钱回馈家庭，但我的生活却还要靠父母来维持。看着曾经的伙伴

路弯弯

们有了稳定的工作，每天骑着自行车带着饭盒去上班，心里说不出来的羡慕。我开始觉得自己是家里的负担，这样的念头在我的脑海中不断纠缠，终成死结。

我就像个格格不入的异类。

我的学习进度始终跟不上，压力也很大，我必须要付出比同学更多的努力、更多的时间、更多的精力。可谈何容易，学习苦，苦学习，学海无涯苦作舟！

我再不甘心，却也无可奈何。小学、中学时我的成绩名列前茅，可再回到学校，我却成了落后的学生，这个反差太大了，我的自尊心始终难以承受。

我的出路在哪里，该如何摆脱目前的困境，如何提高学习成绩，一个又一个的问题摆在我的面前，我一筹莫展。这种打击是巨大的，这种窘境是我无法面对的。我在学校、在班级里都抬不起头来，失去了过去的神采与活力。

二

我精神恍惚，手中捧着书本却看不进去，字里行间都是五彩缤纷的画面，令人眼花缭乱、心烦意乱。我终日浑浑噩噩，越焦急越烦乱，我在气急败坏中煎熬着，在焦头烂额中痛苦着。

那段时间，我瘦了许多，体重在下降，负担却在加重。

我甚至想放弃读书，索性就到工厂里去当一名稳稳当当的工人，去过那没有压力、自由自在的生活。但有一股信念和动力一直生长在我的心底，就像初到乡村时那样，它劝我不要放弃，要吃苦，要奋斗！

对！我要摆脱这困境，我要与命运抗争，我不能甘于平庸，我要迎头赶上，我还要出类拔萃！

我在困苦之中爆发出了巨大的能量，那是艰难的现实给予我的刺激，也是理想在回应我的呼唤，是穷途末路下的破釜沉舟。于是，我转变了思想，从浑浑噩噩中走了出来，从无所适从中找到了方向。

我终究是不甘心的，不甘心就此落伍，渴望战胜一切困难的力量从我的心底破土而出。我要忘掉过去，要着眼未来，更要立足现在。我要心无旁骛地前进。

我自信我能做到这一点。

我计划了很长时间，将全部精力投入学习之中，紧紧地抓住别人的休息时间迎头赶上。

那段时间，我总是很早就起来，在安静的大街上背诵外语。晚上别人都已休息，我仍独自一人在教室复习，消化着课堂上老师讲的内容。

我的决心很坚定，因为我的理想很远大，这个目标对于彼时的我而言或许遥不可及，但它的确是我的动力与力量源泉。

学习成绩的提高是潜移默化的，想要不断提高，就要刻苦钻研、融会贯通，还要勤于思考，更关键的是持之以恒。渐渐地，我陷入了一种如痴如醉、无法自拔的状态，无论严寒酷暑都无法将我从学海中唤回。

在这样的沉迷中，我终于看到了曙光，回到城市后我再一次感受到了愉悦，这是知识于我的馈赠。

我曾经多次书写杨沟，但总有意犹未尽的感觉，浅显的文字难以描述我对杨沟的思念。

杨沟，这个我生活了两年半的小山沟，时至今日，我仍会不由自主地想起它。我也经常会把后来遇到的林林总总的事情和它联系起来，有时牵强附会得我自己都哑然失笑。

这种事情时有发生，这个小小的山沟在我的脑海里生根发芽，结出一串沉甸甸的回忆，既甜蜜，又苦涩。

人生大概都是如此，年至花甲的我比以往更愿意回忆过去，回想经历过的记忆深刻的事情。杨沟就是其中之一，犹如初恋一般，难以忘怀，历久弥新。

八百里烟尘随风而逝，五十年旧梦清晰如故。

午夜梦回，猛然清醒，才发觉我竟已离开杨沟五十年了。五十年的坎坎坷坷难以言表；五十年的蹉跎人生，感慨多于懊悔；五十年的记忆，留下者众多，忘记者更有甚。

人生走过多半，记忆最为深刻的却还是弱冠之年，而属于我的那段短暂的少年期正是在遥远的杨沟度过的。那里的老老少少、大大小小的事情、高高的山岗、狭窄的河道、不大的菜园以及茅草和泥土混盖的房子，都深深地刻印在我的脑海中，回忆起来有滋有味。

弱冠之年是一个人从少年走向青年的过渡期，对一切事物已经有了模糊的认知与幼稚的思考，若深入去想却仍懵懂，而这样半大不大的年纪最是容易滋养逆反心理，遇事不愿倾诉，只想闷在心里自己解决。

在这样的年纪，我从繁华的城市搬来了闭塞的杨沟。

一

如鹅毛一般的雪片纷纷扬扬，离大年三十仅剩几天时间。那是一个灰蒙蒙的傍晚，在通向大山的公路上，几辆卡车正颠簸地行驶着。

车是早晨从城里出发的，奔向辽南地区的一个小山沟。我们一家五口从城市搬到农村，带着全部家当，父母似是已经做好了要在农村住一辈子的打算。

彼时，幼小的我不知道为什么父母会做这样的决定，亦不了解家中发生的变故，更不懂若是一辈子都生活在这小小的山沟会是怎样一番情形，只觉得一路上父母都表情凝重、少言寡语。

卡车一路向北，向北……

父亲坐在后车厢不停地重复着卷烟、点火、抽烟的动作，手微微地颤抖着，烟雾被窗外的寒风吹散，聚拢，再吹散。除了卷烟、抽烟的动作外，他一动不动，就像一尊雕塑一样僵在那里，任凭风吹打他身上的棉袄，将衣襟吹得不住鼓动。

父亲的眼神是迷茫的，也是凝重的，对于路边闪过的一切景物，他都视而不见。

卡车下了公路，走上了坎坎坷坷的山路，从山路到杨沟还有一段没有通汽车的土路。那是一条沿着河沟的羊肠小路，小路上还有两条长年累月被牛车轱辘压出的车辙，像两条深浅不一的小水沟。路面在雪的覆盖下模模糊糊，难以分辨。

小路的另一边是一片一片零散的田地，其间还掩藏着几座坟包。那些白色的墓碑在白茫茫的雪中矗立着，更显得冷寂与萧瑟。我感觉自己仿佛到了一个完全陌生的世界，空气中充满了荒芜又苍凉的况味。

雪下的车辙和小路已经完全看不清楚了，卡车为了躲避深深的河沟，只能擦着田野的边缘小心翼翼地行驶。司机最惧怕在这样的天气走山路，他一边诅咒着天气，一边牢牢地掌握着方向盘，不敢放松分毫。

车轱辘被雪裹得严严实实的，在极低的温度下冻成了冰坨，不时在冰雪中打滑空转，车厢也跟着发出吱吱嘎嘎的声响，像是要随时散架一般。发动机发出不堪重负的"突突"声，就像病重者的喘息，车尾的排气管冒着浓浓的黑烟，喷在雪白的地上，霎时便出现了一溜黑色的污渍，在一片白色中格外扎眼。

风裹挟着雪片，发出哨子一样的尖啸，肆虐着大地，卷起一层又一层的雪浪，翻滚着，狂舞着。卡车行驶其间简直就像一艘漂荡在大海中的船，被浪涛撞得摇摇晃晃。

田地里立着无数苞米茬根，它们整整齐齐地挺立在雪中，像在学校操场里列队的学生。风一吹，还能听到它们发出的稀稀落落的声响，窃窃私语一般。

在这种情况下，卡车行进的速度恐怕比牛车还要慢一些，终于慢慢腾腾地挪到了山脚下。再往前就没有路了，高高的东山挡住了前路，横在沟的尽头。

杨沟是一个很小的山沟，仅有十余户人家，沟里的大部分人都姓杨，也都是沾亲带故的。全沟加起来还不到一百人，总共有二十几个能下地干活的劳动力。

接待我们一家的人叫杨玉华，是一个长得敦敦实实的姑娘，能说会道，麻利干练。二十余岁的她在小小的山沟里算是见过世面、读过书的，她说话的声调很高，表情也很丰富，她代表杨沟热情地欢迎着我们一家的到来，拉着母亲嘘寒问暖。

杨沟的生产队长叫杨玉生，是一个典型的农家汉子，与能言善道的杨玉华正相反，他是一个不善言谈、少有笑容的人。他的腿受过伤，走起路来一颠一跛，但他也是个勤勤恳恳的实干家，干起农活来毫不含糊，是有着丰富经验的一把好手。因此，他在杨沟十分有威信，众人都信服他。

卸了车以后，我们简简单单地在新家安置了下来，只是房子太小了，挤挤巴巴的，不少东西只能暂且堆放在一处。

搬来农村前，父亲做了全面的计划，准备了许多东西，其中有六口很大的水缸，一大车烧火用的木材，上山砍柴、下地干活的各式农具，还有喂猪用的"酒糟"，这些东西装满了整整四辆卡车，跟着我们一路颠簸而来。但是农村的实际生活和父亲想象中的样子还是有一定差距的，父亲准备的东西大部分都用不上。

父母忙着从卡车上搬东西，收拾屋子，同时催着让我先烧一锅开水，既是为了让全家人喝上口热水，也是为了取暖。那大大的土灶连通着冰凉发潮的土炕。

此前，我从没有用这样的土灶烧过水。我没有经验，更不知诀窍，只能可劲地往潮湿的锅灶里加柴火，不一会儿就冒起了浓浓的烟，却不见半点火苗。我只好把头探向锅灶口，鼓起腮帮子拼命地用嘴吹着。吹得头晕眼花之际，我注意到锅灶边有个很小的风匣，于是我尝试着拉起

路弯弯

了风匣。

"轰"的一声，一股浓烟和火苗一起从锅灶口窜了出来，熏得我脑子里嗡嗡作响，我紧闭着双眼，被浓烟呛得咳嗽不止，眉毛和头发被火苗燎着了一片，散发着焦煳的气味。这大概是杨沟给我这个不谙农事的孩子的一个下马威吧。

其实我可以感觉到，沟里的人就像这口锅灶一样，对我们一家的到来也是既感到新奇，又有些防备。毕竟住在这里的人们无论远近大多都是本家，作为"外来户"的我们，打破了他们多年来封闭、宁静的生活。

我们住在杨二婶家原本的东厢房。杨二婶家是沟里一户还算殷实的人家，她的丈夫叫杨玉章，在大队工作，他们的女儿杨吉珍，是一位小学老师。他家里大大小小的事情都是杨二婶在操持着。

她家住在杨沟中间的位置，东厢房比朝南的正房矮了许多，房间也小了许多，空置许久，石头和泥土混盖的房子已经变形了，看起来歪歪扭扭的。

这里原本是杨二婶家养兔子的地方，屋里除了一堆已经干了的柴火，还有几口腌酸菜的泥缸，泥缸边缘还沾着几团灰白色的兔子毛，满屋充斥着浓浓的酸菜味。杨玉生带着几个村民，帮父母把屋子里的柴火和泥缸搬了出去。

我静静地观察着四周，这间厢房是用石头和泥坯砌成的，没有一片瓦，也没有一块砖。房盖是用泥铺成的，不时地往下掉着泥渣；窗户是用报纸糊的，早已被风刮得漏洞百出，发出"呼呼哒哒"的声响；墙壁是用黄泥抹的，已经开始斑驳、脱落，整间房子给人一种破败、污浊的感觉。

屋外的风还在刮着，我看着被雪盖住的山沟，根本没有欣赏山麓中白雪皑皑的景色和北国风光的心情，只觉得到处都是一片白茫茫的荒凉，还有刺心入骨的寒冷。

东面的那座大山似乎靠近了一些，或许和村民一样，在好奇地打量着我们一家。它接受我们了吗？我不知道。冷清、沉闷，一股无形的力量压在我的头顶，空气仿佛都是凝固的。这条沟、这座村庄，包括村里的人，都是山的一部分。

"这就是我们的家吗？是我们将要生活的地方？"

我的心纠结着，拼命压抑着心底的情绪，愣愣地望着窗外的雪与山，不知所措……

房子很小，如果全家人都挤在北屋的小炕上，是无论如何也睡不下的，我只好独自一人到没有烧热的南屋去睡。令人意外的是，南屋的墙上没有挂霜，是因为屋里太冷了，没有可以结霜的水汽。墙是凉的，炕也是凉的，窗上糊的报纸上是一个又一个的窟窿，北风肆无忌惮地灌进屋里，屋里的温度和外面相差无几。

我没有脱衣服，囫囵躺下，脚上的大头鞋也没有脱。即便如此，还是冻得浑身发颤。这是我平生第一次失眠，怎么也无法入睡，不知是太冷，还是因为这翻天覆地的生活巨变。

夜已经深了，除了还在呼啸的北风，一切都是安静的。

我隐隐听到母亲在北屋发出了抽泣声，其中夹杂着几分委屈、几分压抑，还有几分无奈。白天，在外人面前，她冷静微笑着面对种种情况，强撑到现在，她大概已无法控制自己的情绪了。

是啊，那年母亲才三十六岁，经历了如此巨大的变故，而且她当时已怀有身孕，怀着我最小的弟弟。

父亲也躺在炕上，不停地划火、抽烟，窸窸窣窣的声音不时传到了南屋，火柴的光亮在黑暗中忽明忽暗。父亲一直沉默着，没有人知道他内心在想什么。

我在炕上又铺了两层带来的草甸子当褥子，还往身上盖了几层厚厚的棉被。我把被子拉上来，紧紧地捂住头，终于在慢慢暖和起来的被窝中闭上了眼睛。

那是我在杨沟的第一个夜晚，在母亲的哭声、父亲的沉默与冷空气中迷迷糊糊地睡着了。

二

大山里的杨沟别具一格，只有一条羊肠小路连接外面的世界，而进了杨沟，路也就到了尽头。杨沟就像一条死胡同，因此很少有人来沟里，沟里的人也很少出去。

沟里若是来了外人，家家户户养的狗都会狂叫不止，还会成群结队地跟在外人的后面。就连鹅也会伸长了脖子，贴着地面，"嘎嘎"地围着来人叫个不停。乡下的鹅像狗一样认人识人，还会看家护院。随着犬吠鹅叫，沟里的人们也都会出来观望，尤其是小孩子们常追随着来人不肯散去。

在这样封闭的山沟里，谁家里来了客人，都是件值得炫耀的事情，是家家羡慕的事情，人们会奔走相告，议论半天。

沟是很狭窄的一个长条，人们管沟的最东头叫"东边子"。在合作化时期，生产队在东边子的山坡上劈开山崖盖了几间房子，后来又翻新建了瓦房，还修了一个不大的场院。场院作为生产队饲养牲口的地方，养着骡马、黄牛、毛驴，还有几圈猪，以及一些散养的绵羊，每年春天收下来的羊毛是生产队重要的收入来源。

这是一个热热闹闹的地方，除了饲养牲口外，还是生产队召集大家开会的文化室，每天晚上由队长杨玉华召集社员在此学习。文化室里没有桌椅板凳，只有一铺很大的通炕。地上靠墙放着几口装饲料的木箱子，充当板凳。

农闲的时候，每天晚上沟里的大部分人都聚集在文化室里，说是学习，其实，沟里不是社员的男女老少也都来凑热闹。对于闭塞的山沟和日复一日的生活而言，这是为数不多的人们能凑在一起找点事做的机会。

年龄大点的男人们聚在一起，吧嗒着旱烟，慢条斯理地讲年景好坏、收成多少和接下来的农活，一副运筹帷幄、胸有成竹的样子。妇女们也聚在一处，叽叽喳喳、争先恐后地聊着东家长、西家短。小孩子们则在炕上地上蹦来蹦去，不时受到杨玉华的呵斥。

文化室的活动是沟里人的一大乐事，也是他们相互沟通的一个场合，老老少少们各自发挥着特长，一屋子的人都仿佛变成了演讲家，笑闹声不断。

从东山上下来的水汇在一处，渐渐地冲刷出了一条河沟，这条河沟也正是杨沟名字的由来。河沟经过家家户户，又向西边流去。

雨季，河沟里的水是涨满的。赶上汛期，河沟里的水会漫过小路，流淌到院子里，甚至还会灌到低矮的房屋内。而在干旱的季节，河沟里的水几乎干涸，只剩下一洼一洼的水坑。河沟下游长满了绿色的青苔，水也是绿色的，还散发着腥臭的味道，却是鸭和鹅的乐园。

更多的时候，河沟里的水总是缓缓地流着，它们来自大山，穿过丛林，穿过山沟，流向了远方。水流经过地势稍陡之处，还会发出悦耳的

"哗哗"声，像一曲不停歇的乐曲。

我不知道河水淌了多少年，但河沟里有许许多多大小不一的鹅卵石都可以见证它曾走过的岁月。或许，它也曾汹涌澎湃过。

冬天，河水冻结，河沟就成了小孩子滑冰车的场地。冰河从山中来，穿过沟里，蜿蜒地伸向沟外，像一条晶莹的冰带。

沟里人洗洗涮涮都用河沟里的水，生产队里饲养的牲口也都用河沟里的水。生产队还在河沟旁打了一口井，供家家户户吃水用水。井水其实就是河沟里渗进去的河水，井中的水面与河沟水面持平。沟里的人都知道，河沟上游的水是用来吃的，下游是用来洗衣服的。

杨沟的北侧，坐落着许多坐北朝南的房子，有草苫的房顶，有泥土压的房顶，也有不多的瓦房顶。它们顺着山势起起落落地排在北坡上。有的房子已经很旧了，也很低矮，一副破旧不堪的样子。间或也有几座新盖的瓦房，墙面抹着白灰，墙壁雕着花纹，很气派的样子。

房子是各家生活水平的象征，是日子过得好坏的标志，也是人们的脸面。

杨沟地形狭窄，家家户户盖房子都要因地制宜，后门都紧紧地贴着劈开的山崖，打开后门便是高高的山岗，因此家家都没有后院。若是在冬天，贴着门的山崖便成了可以遮挡寒冷北风的屏障。每家只有一个不大的前院，前院里一般建了猪圈、茅厕和禽舍，还有一片小菜园。

菜园一般设置在前院最前边，走过路过的人都能看见，因此菜园的好坏成了这家人勤劳或懒惰的见证。无论日子过得好坏，大部分人家的菜园都修整得整整齐齐、利利索索。

生产队里可以耕种的土地少，而且都是在山坡上开出的零零散散的坡地。大部分土质都是瘠薄的，地里有似乎永远都捡不完的石头。慢慢地，山上的坡地都被修成了梯田，层层叠叠，错落有致，梯田的建成有效减少了耕地的水土流失。

但生产队的粮食产量还是少，不能自给自足，因此自留地和各家前院的菜园都是要精心侍弄的，那是人们赖以生存的依靠，家中吃菜甚至吃粮都要指望它。

杨沟南面的山坡上有很大一片坟地，坟头都坐南朝北，和每家每户的房屋面对面，有种遥相呼应的感觉。沟里的人们对此也都习以为常。那是杨氏家族的墓地，故去之人所属分支和孙男嫡女的名姓都明明白白地刻在碑上。那一个接一个的墓碑更像是一本宗谱。除了名字，花岗岩的墓碑上还刻有"故、显、妣、考"等字样，杨沟人很讲究对故去之人的孝道，他们盖房子是舍不得用花岗岩的，每逢年节摆出的供品都是过年时舍不得多吃的细粮。在乡下，墓碑前的香火是家里人丁兴旺的显示，也是人们的一种寄托和思念。

沟里人通常管沟的出口叫"下边子"，那片地势较低，也是沟里比较平坦、宽敞的地方。因此，也有一些人在下边子盖起了房子。

小小的山沟实在是太拥挤了，再没有多余的可以用来当宅基地的地方，除非在东山上劈山造地。

杨沟东面的山很高，由几个山峰组成，沟里人为它们取了颇有趣的名字，分别叫大丫山、二丫山和三丫山。二丫山是主峰，巍然屹立在群山之巅。

在东山脚下，人们种植了柞树，茂密的柞树林被当作蚕场，放养柞蚕。沟里有得天独厚的养蚕条件，蚕茧也是生产队的主要收入之一。杨沟的蚕很出名，蚕蛹、蚕蛾、蚕虫都是可以吃的，蚕丝可以用来打毛衣。不光生产队养蚕，有些人家也养蚕。

二丫山多悬崖峭壁，怪石突兀，没有山路，若想到山顶只能从山崖上攀爬，但人们很少攀登东山。

有的老人说，他们在沟里住了一辈子，也没有到过二丫山的顶峰。

当早晨的太阳从东面升起的时候，因为东山的阻挡，沟里比沟外看到太阳的时间稍晚。如果站在东山的高处，可以看见日光缓缓地从沟外移向沟里。

杨沟就像是一个与世隔绝的世外桃源，沟外的一切消息都很难传到沟里来，即便传进来也需要很长的时间。

沟里的一切大事小情都是由杨玉生和几个老农们商量后决定的，他们都是循规蹈矩、按老规矩办事的人。他们是沟里人的长辈，是沟里人的办事依靠。辈分和年龄决定着人们在杨沟的地位。

沟里人的生老病死、婚丧嫁娶都由他们出头操办，沟里的是是非非也都由他们来判定。他们像法官一样裁决沟里的纠纷，例如谁家盖房子的房脊高了，谁家的瓜果梨枣丢了，还有各种各样的矛盾。这几个长辈是很有权威的，沟里很少有人敢反对他们的决定。

如今看来，沟里的人有些坐井观天的意味，杨沟对于他们来说就是世界。因为封闭，他们也认为沟里的一切都是最好的，是天经地义、理所当然的。

沟里的苹果是最好的，它们又大又甜，都是一等的苹果，沟里的人为此而骄傲。

沟里生产队的大牲口是最好的，它们膘肥体壮，拉车有力，走起路来尾巴都是一甩一甩的。队里只有一挂马和骡子拉的大车，那是沟里人的宝贝，尤其是那匹驾辕的马，可以说是沟里人的本钱。大车是不能随随便便启用的，牲口都被养得精神满满。

沟里的环境是最好的，这里没有污染，杨沟虽小，但是它在群山的环抱之中，被大自然的气息包裹着，像是一个未经污染的世外桃源。

沟里的人都是最好的，他们实诚，不耍心眼，遵纪守法，人们之间从没有尔虞我诈，甚至家家的屋子都不上锁，沟里的人互相串门就像是到自己家里一样。

总之，沟里的人每谈到杨沟的一切，都是得意扬扬的。他们对沟外的任何事情都不屑一顾，觉得没有哪里会比他们生长的这片土地更好。这样的想法愚昧得质朴，也天真得可爱。

但是，有一个不可否认的事实，沟里的青年人很难娶上媳妇。很少有姑娘愿意嫁到这僻壤的大山沟里来，而沟里的姑娘们也纷纷嫁了出去，沟里的人口越来越少了。

生产队的事情也由这几个人说了算，生产队长杨玉生是沟里的核心人物。每到上工时，杨玉生会先来到杨沟中央的大梨树下，不紧不慢地从地上捡起一块石头，"当当"地敲几下挂在大梨树上的半截铁轨。铁轨是成立人民公社那年挂在那里的，这就是每天号召社员上工的铃声。社员的上工时间和劳动时间，都由杨玉生说了算。

每当这特别的铃声响起后，社员们便慢慢悠悠地来到大梨树下，听候杨玉生分配工作。沟里的人干什么事情都是慢节奏的，生活慢半拍，工作也慢半拍。

三

杨沟虽然地势狭窄，面积不大，但一年四季的景色各具特点。

春天，沟里的梨花率先开放。沟里家家户户都种了梨树，除了生产队栽的苹果树，沟里最多的果树就是梨树了。当然也有歪歪扭扭的毛桃树、长得很高的枣树，以及杏树、李子树，等等。但是它们都没有梨树开花那么早。

每到梨花开放的季节，站在东山上往下望，山沟被白色的梨花轻轻罩住，像一层洁白轻柔的雪覆在了黄色的土地上，是令人惊叹的美景。

梨花给春天的杨沟带来了勃勃生机和盎然春意。梨花也是报春花，它的开放预示着春天的到来。白色的花瓣在沟里随着清风，携着花香，飘飘荡荡，观花、闻香是沟里的一桩雅事。

朝阳的田地里，梯田的坝埂上，各种叫不上名字的野菜也被这缕清风唤醒，从地里长出鲜绿的嫩芽来。

沟里的小孩懂事早，很小的时候就知道帮着家里干活了。春天来了，他们也纷纷走出家门，提着篮子，拿着铲子，急急忙忙地赶到田野里挖野菜，有的是给人吃的，有的是喂鸡、鸭和兔子的。

沟里人家几乎都养着兔子，有白色的长毛兔，还有灰色的家兔。手巧的姑娘会收集白色的兔毛，编织成暖和的手套和围巾。灰色的兔子则是冬天的储备粮，兔子和野鸡相似，都是一种"随味"的肉。兔肉和鸡肉一起炖时是鸡肉的味道，和羊肉一起炖时就成了羊肉味。兔子的皮毛还可以拼制成毛背心和皮袄，穿在身上很暖和，不亚于羊皮袄。母亲曾用兔子的皮毛给我做过一顶棉帽子，戴在头上很暖和。

沟里，随着春天一起到来的是各种农活。人们一改冬天里的懒散样子，精神抖擞、吆五喝六地干起了春天的农活。刚刚化冻的田地上来来往往着一群朝气蓬勃的身影。

生产队的黄牛也下地了。黄牛拉着犁杖在黄土地里奔走，犁杖后面跟着一串播种的人，扶犁、下种、滤粪、踩格子、合垄，十分有序。从东山上看下去，尚干燥的黄色田野上，春风刮起尘土，飞扬在犁杖周围，黄牛缓缓地走着，人缓缓地跟着，绘成一幅如诗如画的山村美景。

此时的人们带着一年的期盼和希望，专心致志，忙忙碌碌，他们的灵与魂仿佛也春意盎然起来。

生产队放养的羊和各种牲口也被放到东山上啃青草。东山也被春天点燃了生机，成片的柞树吐出了黄绿色的嫩芽，顶掉了上一年的老树叶，还有槐树、松树等，也都开始回青。老树叶是烧大锅的好燃料，孩子们会背着筐，拿着搂草的竹耙子，穿梭在柞树林中，收集落在地上的老树叶和枯草。

黄色的大山渐渐绿了起来。一开始，只有星星点点的绿，接着扩散成一片一片，最后蔓延到整个东山。绿色的山带来了春天的暖意，也带来了振奋和希望。

一大早，我就起床了。我无时无刻不惦记着家里的自留地，那片不足二分的菜地是家里唯一的依靠。

父亲被派到县里工作了，家里的很多农活便落在了我的肩上。那年，我才十二岁。

菜地在荒凉的山坡上，虽贫瘠，却是我心中最重要的田，是令我疲劳不堪、沮丧不已的地方，又是让我充满希望、收获喜悦的地方。我不甘心自家的菜地比别人家的差，更怕家里没有蔬菜吃。我除了上山搂草、到井边挑水外，便整日待在菜园里。

天刚刚放亮，公鸡们你争我抢地打着鸣，各家的自留地里就有了影影绰绰的人影。

沟里的人们生活不容易，一大早起来都是饿着肚子干活。春天正是青黄不接的时候，饭菜里的油水少，只能勒紧裤腰带过日子。各家早饭都是用苞米渣子熬成的稀粥，中午只有到生产队里干活的人才能吃上苞米面的饼子，晚饭又是全家喝稀粥。虽然饿着肚子，但丝毫不影响人们在黄土地上开始新一年劳作的热情。

路弯弯

到了夏天，沟里的景色又变了，几场雨过后只剩了绿肥红瘦。经过一段时间的忙碌，我的菜园也迎来了第一波收获。

这事着实该感谢住在"东边子"的东二爷，他是沟里辈分最大的一位老人。

他年纪大了，不用参加生产队的劳动，他家里的人口多，劳动力也多，家里的活也不用他干。他经常坐在自家的门口，闷不出声地抽着旱烟，不时地眯起眼睛。他手里擎着一根很长的烟袋杆，烟袋锅是铜的，烟袋嘴是玉石的，烟荷包吊在烟杆上晃晃悠悠。有时，他就直直地望着望了大半辈子的二丫山，好似与那山有深厚的情感和不可言说的秘密。

后来，每当他看到我出现在菜地里时，都会默默地扛着镢头来教我种菜。说是教我，其实是他默默无语地干一遍，干完后静静地看着我，我再照着他的动作来一遍，他仍旧不说话，只点点头或摇摇头。

从种到收，东二爷教了我整整一年。

"城里来的小人儿，哪儿会干地里的活？"东二爷嘟嘟囔囔地自言自语着。

在东二爷不言不语的教导下，我学会了很多。刨地时要尽量刨得深一些，还要边刨边捡出地里的石头，打碎地里的土块。刨完的地要用耙子搂平，越平越好。接着，就要背垄、滤粪、播种。播种有种、栽、撒、席等不同方式，因为有的菜种在垄台上，有的种在垄沟里，还有的则种在地面上。那林林总总的播种方法都有各自的道理，是多少辈人传下来的宝贵经验。

播种后，菜园的管理是关键，不能一种了之，还要除草、间苗、扶垄、追肥、打药……

不同蔬菜的收获时间也有先后，西红柿红了，黄瓜绿了，茄子紫了……这种收获的喜悦在城里是无法获得的，这是勤劳的结果，是大自然的给予，是黄土地的馈赠。

打理菜地让我渐渐地喜欢上了农村，喜欢上了杨沟。东二爷是我念念不忘的一位忘年交，他比我大了整整六十岁，也就是一个甲子年。他那长长的白胡须、粗哑的嗓音、略佝偻的背、宽大的裤子，以及干活时麻利的动作，都定格在了我的脑海里。

东二爷是憨厚、淳朴、地道又靠谱的田间人。

跟随夏天的脚步一起到来的，还有雨季。每到此时，我家那几间低矮的房子里就变得又闷又潮，下暴雨的时候更是一片狼藉。

"你放学后到大队的供销点多买些盐。"母亲对我吩咐道。

我从供销点里背回许多颗粒很大的粗盐，爬上屋顶，把粗盐粒都撒在屋顶上，再踩实，以减轻房子漏雨的状况。可是作用不大，因为房子低矮，即便补上了屋顶的漏洞，雨水还会从门口倒灌进屋里。

即便如此，沟里的人仍盼望着下雨，我也不例外。因为雨水是庄稼和蔬菜的希望，看着地里被太阳炙烤得蔫头耷脑的庄稼苗，我一心期盼着下雨。

天旱时，沟里的人都要抗旱，社员下工后要挑水浇自留地，上工时要挑水浇生产队的庄稼苗。总之，是一天到晚扁担不离肩，人人都是一副愁眉苦脸、劳累不堪的模样。

若是一直不下雨，沟里的小河便渐渐干枯了，井和平塘的水也见底了，吃水要到几里地远的沟外去挑，那时也就无暇顾及菜地了，盼望下雨的心情更是火烧火燎的。

天上的每一块云，都牵动着人们的心。云在天空中飘忽不定，但沟里的人都会看云识天气：云彩往南，下满湾；云彩往北，大雨瓢泼；云彩往西，小牛倌淋得哭叽叽；云彩往东，大雨一场空。

四

"三春不如一秋忙。"秋天是生产队和农户最忙的时候。

生产队的田地里，到处都是忙忙碌碌的人影，从天亮开始到天黑结束。收下的玉米、谷子、大豆等，都要及时地运到生产队的场院里。拉到场院后，还要进行碾压、脱粒、扬场、入仓。

玉米、谷子的秸秆是牲口的饲料。玉米秸秆被整整齐齐地码在东山坡上，从远处看去，整齐得像是一座黄色的大瓦房。谷子秸秆都码在场院边上，这是喂骡、马的好饲料。

那时生产队里没有电动粉碎机，也没有动力电。沟里粉碎玉米靠的是石磨，谷子、穈子脱壳、磨面都要用碾子。平日里看着不起眼的毛驴也忙碌起来，一天到晚地围着磨盘和碾子转。

社员们白天在田地里忙，晚上还要在场院里挑灯夜战，要和天气抢时间，不能让粮食烂在地里或是泡在场院里。

队长杨玉生更是忙碌，他板着脸，到处吆喝，为生产队里的农活操碎了心。沟里的人都理解他，也服从他。他把那错综复杂的农活安排得妥妥贴贴，充分地树立了他在沟里的威望，他是一个心里有数的人。

在收获的季节里，人们虽然疲惫不堪，但也饿不着肚子。地里的地瓜、苹果、花生，甚至是还嫩的苞米，都是可以吃的，这也叫"啃秋"。

我的菜园也到了收获的季节，各种各样的蔬菜长势喜人，其中有一个南瓜长到五十多斤，连沟里的人都很惊奇。我初到农村，对各种各样的农活都不在行，成了伙伴们嘲笑的对象，终于因为菜园的丰收，扬眉吐气了一回。

菜园也催化了我的成长，我认识到只有劳动才有收获，出一分力，便收获一分回报。土地就像一面镜子，人在它的面前从来作不得假。

东二爷说："那家的大小子干活很聪明，学得快，也舍得出力。虽然还是个小人儿，但他那菜地摆弄得不孬。他不比农村的孩子干活差。"

菜园帮我和杨沟建立了最初的感情，星星点点的喜悦最终都汇成了难以割舍的依恋。小小的菜园让我变得踏实、务实。

冬天的杨沟就像一个世外桃源，冷清了许多，也荒凉了许多，窝在沟里背阴处的雪一个冬天都不化。冬天，是沟里的人休养生息的季节。

山脚下比别处要寒冷许多，也寂寞许多。没有熙熙攘攘的街巷，也没有琳琅满目的商店，没有花花绿绿的霓虹灯，也没有川流不息的人群，但杨沟有它自己的乐趣。

沟里的人管这叫"猫冬"。老汉们把手抄在袖筒里，略略佝偻着背，"嘎吱嘎吱"地踏着雪，来到了生产队长杨玉生的家里。他们坐在火炕上，围着"吱吱啪啪"冒着青烟的火盆，抽起呛人的旱烟，谈天说地。桌上没有茶水，他们连白开水也很少喝，渴了就到外屋的水缸里舀一瓢凉水喝。

妇女们也会聚在某一家的炕上，为着谁家发生的鸡毛蒜皮之事议论半天。她们谈论事情的时候表情都十分丰富，或羡慕不已，或不屑一顾，或哄堂大笑，或嗤之以鼻。

冬天，也是人们享受一年劳动成果的季节，好似春、夏、秋三季的忙碌都是为了能在冬天安然享受。

这个季节里，我唯一的任务是上山撬"疙瘩头"，就是埋在雪里的树根，用来供家里取暖、做饭。

来到杨沟的第一年，我的脚生了冻疮，肿得厉害，还痒得难受，直到很多年后仍常常复发。后来，我的手也冻肿了，肿得涨乎乎、冰冰凉的，握不成拳头，脸上也冻得没有了表情。那时，我最渴望的就是有一个温暖的去处。

我有个十分要好的伙伴，叫杨洪业。他是杨玉生的二儿子，比我大两岁，在学校是我的同班同学，他的学习成绩很好。上学和放学的路上，我们两个人都是形影不离的。

听说他后来参军了，在部队里又考上了大学，大学毕业后成了修理飞机的工程师。他是一个很要强的人，是沟里屈指可数的聪明孩子。

那时，杨洪业经常带我到东山上去打野味，他家里有一杆猎枪，是祖传的德国造的"老洋炮"。这种猎枪的后坐力很大，我第一次用的时候，直接被那力道怼得跌坐在地上，肩膀也被枪托给撞肿了。"老洋炮"里装的是铁砂子，散雾状的子弹是很容易击中目标的。

在雪地里打野兔是一件很有趣的事情。看见兔子要拼命撵，漫山遍野地追。寻常时候，人是很难撵上兔子的，但在雪地里不同，兔子在雪地里会有"蹬空"的时候，也就是蹬不着硬实的地面，跳得也不高，经常掉进深深浅浅的雪窝里。野兔奋力地挣扎着，却很难跳出来，便只能被人们活捉了。捉兔子时，要紧紧地拎住它那两只长长的耳朵，防止它来个"兔子蹬鹰"。

冬天的山光秃秃的，树也光秃秃的，在大雪茫茫的环境里视野很好，山上的野味也多。除了兔子、野鸡，还有狐狸，不过我没见到过狡猾的狐狸，只听见过沟里的人大声喊叫着驱赶狐狸。

狐狸经常叼走人们养的鸡，神出鬼没的。有经验的人听到鸡发出变了调的叫声，就知道有狐狸来了。

为了打山上的狐狸，杨洪业会做"口炮"，把肉和炸药放进蚕蛹的壳里再封好，放在狐狸经常出没的地方。只要狐狸一咬，那蚕蛹的壳就会爆炸。我没有见过狐狸被炸，倒是有狗被误炸伤过。

有一次，杨洪业掏了个狐狸窝，把狐狸崽带回家里养着。那狐狸崽很漂亮，皮毛光亮，嘴巴尖尖，眼睛又圆又大，叫声也尖尖细细的，好似撒娇，让人疼爱不已。

杨洪业想驯服它，让它像狗一样看家护院。可狐狸比狗要机灵许多，审时度势地装了一阵乖巧，长到半大时就会扑院子里的鸡了，或咬伤，或吃掉，它最爱吃鸡的内脏。最后，那只狐狸被杨玉生送回了山上。

山上还有刺猬，它们是跑不快的，可在被人捕捉时，会竖起背上的尖刺，缩成一团，让人无从下手。据说，狐狸会放出一种特殊气味，把刺猬熏得迷迷糊糊的，展露肚皮，任"狐"宰割。

寒冷的冬天，我在家中的南屋冻得受不住了，便到生产队的文化室去借宿。

文化室的炕洞里烧着苞米秸秆，还有牲口吃剩下的草秸秆，屋里也很冷，但是炕却烧得热热乎乎的，有时甚至是烫人的。文化室也是生产队负责喂牲口的饲养员住的地方，沟里和我年纪相仿的几个伙伴也因为家里住房紧张，都热热闹闹地挤在这里过夜。

冬天天寒夜长，晚饭只喝稀粥容易饿，于是我们经常偷着把喂牲口的苞米粒用水泡软，然后在熬牲口食料的大铁锅里炒熟。干这事时，往往还需要一个放哨的伙伴，以防被大人们看见。

只有黄豆是不用泡水的，炒黄豆也是很香的，但吃完后容易涨肚子，若是不小心喝了凉水，肚子里还发出叽里咕噜的声响，没完没了地放起屁来。

生产队的场院里有零星的米粒、麦粒和谷粒，喂牲口的槽里也会有残余的粮食颗粒，因此会招来许许多多的麻雀。白天，它们唧唧喳喳地叫嚷着，寻找食物；晚上，便都窝在生产队的房檐下面。

说来有趣，这倒是与我们的状况有些相似。

说起沟里的人最高兴的一天，定是杀年猪的那一天。杀猪的人家要请杀猪的人和沟里有威望的长辈们吃一顿，还要给沟里的家家户户都送上几斤猪肉，最后自家再敞开肚皮吃一顿。

这样下来，半扇猪就没了。但是家家杀猪都如此，因此也没有哪家吃亏，还赚了人情往来。

这也是人们重点议论大事之一。送出去的猪肉的肥瘦、位置、重量，都是人们议论的话题，也是人们耿耿于怀的事。

从来到杨沟的第二年开始，我们逐渐习惯和适应了沟里的生活，日子也过得顺畅许多。那几年里，我家一共养了三头猪，都养得膘肥体壮。

我还记得家里养的第一头猪，名字叫"花花"，因为它的身上长着黑白相间的花纹。到了杀年猪的那一天，从早上起来母亲的心情就很不好，她是很舍不得花花的。

她不断地抚摸花花的头，嘀嘀咕咕地和花花说着什么。花花是母亲一瓢食、一瓢水养大的，刚买来时，它还是个小猪崽，才十几斤重，经过母亲一年多的精心饲养，长到了二百六十多斤。母亲和花花是很有感情的。

母亲能从众多猪中分辨出花花的哼哼声。花花也认识母亲，只要看见母亲，无论离得多远，它都会摇头摆尾跑过来，一边哼哼一边拱着母亲的裤腿，一副憨态可掬、讨人喜欢的模样。

花花饿了会哼哼叽叽地叫个不停，还会"咣当咣当"地拱外屋的门。吃饱了以后，它也会满足地哼哼出声，伸直了四条腿，懒洋洋地横躺在家门口晒太阳。

杀猪的时候，母亲躲在屋里，既痛心又无奈地抹起了眼泪。

我倒是见识了杀猪的全过程。刀尖要准确地捅在猪的心脏上，否则血很难放干净，而且只能捅一刀。

猪血淌进提前放好的泥盆里，用高粱的秸秆按一个方向搅着，再放进葱花、香菜和各种调料，然后灌进已经洗干净的猪肠里，再放进锅里煮，还要不停地用针扎那猪的肠子。直到扎不出血，血肠便做好了。

刚取下的猪肠要放进一个很大的盆子里，用高粱秸秆把猪肠翻过来，反复地清洗干净。除了灌血肠，还可以做"苦肠"和"套肠"等，吃起来都各有特色。

每逢杀猪，全沟里的小孩都会来看热闹。杀猪是一门手艺，杀猪人麻利的动作、专注的神态，令人惊叹不已，宛如一场表演。杀猪是一户人家一年到头最期盼的日子，是个喜庆的节日。沟里的人也比较着谁家的猪重量沉、肥肉多，这是一家人勤劳与否、日子好坏的象征。

猪的心、肝、肺要挂在屋内的房梁上，留着过年或来了客人时吃，它们可以做很多种菜肴。猪头是留着正月十五吃的，家里如果有婚嫁的喜事，猪头要送给做媒的媒人。血肠、猪肉加上酸菜或萝卜干，炖成一大锅，就叫杀猪菜，是杀猪后的正月里全家人吃的，每顿饭都要舀一大碗放在锅里蒸。

剩下的猪肉则要腌在坛子里，这是来年用来改善生活的。除了正月，剩下的日子里吃到的猪肉都是咸猪肉。但也不经常吃，只有过节或

路弯弯

家里有大事时，才能吃到。

猪身上的板油和一些很肥的猪肉可以做成大油，剩下的猪油渣香极了，小孩们经常偷着抓一把吃。大油要好好保存，是来年家中生活的唯一油水。

母亲破涕为笑了，她从来没在家里看到过这么多的猪肉，也没有见到过这么齐全的猪的五脏六腑，还有猪头和猪蹄等。

母亲把猪肉切成片，用油、盐、酱、醋炒得色香味俱全，来答谢杀猪人。

杀猪人却说："这吃起来不过瘾。你把猪肉切成大块，要肥多瘦少，挑肥的炸熟了，沾着咸盐吃，那才过瘾！"

杀猪人很能吃，尤其能吃肥膘肉。他喝着白酒，大快朵颐地吃着肥肉，一副书里描述的英雄豪杰的模样。

饱餐一顿后，他拎着一块猪肉，心满意足、摇摇晃晃地走了。

五

沟里的人一年到头都吃苞米。

苞米面饼子、苞米渣子粥，是一天三顿都要吃的。

只有过年的时候，沟里的人才是不吝啬的。他们一年的辛苦，好像都是为了过好这个年。从本年腊月到来年的二月初二，是他们一年当中最快乐的日子。

腊月时忙忙碌碌地准备过年，正月就撒欢地吃，到了二月则是闹闹腾腾地继续吃。

沟里的人家过年时都要请客，你来我往地互相请。尤其是沟里的几个长辈，那是家家都要请的。坐在一张桌子上吃一顿，一年来的恩怨过节都会化为乌有。

过年时是要吃大米饭的。杨沟不种水稻，大米都是用苞米换的，两斤苞米换一斤大米。家家户户无论多少都会换一些，至少每年初一要吃一顿雪白晶莹的大米饭。

沟里的人家要会做豆腐，这也是一个很有仪式感的活动。豆腐不能做得太嫩，也不能做得太老，不能有生豆子的豆腥味，也不能有焦煳味。

先要用水泡豆子，把豆子泡得软硬合适，手指用力可以捏碎，但不能黏在手上。再滤出泡豆子的浮皮和残渣，留着喂猪。

打浆要用比正常石磨小很多的拐磨。这种磨不用驴拉，也不用人推，而是用一个拐杖一样的木杆摇，摇起来豆汁四溅。这是个很重的体力活，需要强壮的人摇拐，摇得要快，还要均匀，这是做豆腐最重要的环节。如果摇得慢了，磨碎的大豆不能和水充分融合，是做不出豆腐的。

一个人摇，另一个人用瓢舀着带水的豆子，又快又均匀地倒在磨眼里。瓢要躲开摇磨的拐杖，还不能倒得四处飞溅，要跟上磨盘旋转的速度。

同时，要烧一口大锅，在大锅的上方用两根木棍交叉吊着一块过滤用的布，叫豆腐包。磨好的豆子汤水舀在豆腐包里过滤，包里的残渣叫豆腐渣，可以用来喂猪，但大多数人家都把它掺在苞米面里炸饼子吃了。

过滤后，豆浆在锅里熬着，熬熟后盛出一碗加上糖，格外香甜。往翻滚的豆浆里加入卤水，豆浆便开始结晶了，结出豆腐花。再过一会儿，豆腐花进一步凝固，就成了豆腐脑。盛出一碗，加上酱油和辣椒面，讲究的人家还会加上韭菜花，有滋有味的，好吃极了。

把结晶的豆花舀进豆腐包里，再放进一个木制的箱子里压实，不长的时间，豆花便在豆腐包里成形了，豆腐也就做成了。压豆腐包的重量和时间也要掌握好，否则豆腐不是太老，就是太嫩。

豆腐是家里过年时必吃的一道菜，大多切成块，蘸着酱油吃，很少会做别的花样。沟里人家很少炒菜，大部分食物都是烀熟的，或是蒸熟的，菜和饭从一口大锅里出来。

年糕也是家家过年都要做的。沟里的年糕吃起来"沙楞楞"的，因为家里的糯米、黄米不够，必须用部分苞米面替代，苞米面发散，所以做出的年糕口感"沙楞楞"的，沟里人也叫它"沙糕"。

大锅里放着锅帘子，锅帘子也是用高粱的秸秆串成的，上面铺着一层苞米窝。锅里烧开了水，水蒸气腾腾地向上冒，做沙糕的人被烟火气包裹着。

人们把半干的糯米粉、黄米粉和苞米面一层一层地撒在锅帘子上，最后一层还要撒上泡好的干枣，层层叠叠的足有半尺厚。再盖上锅盖，蒸上很长时间，年糕就做好了。

过年时家里还会做豆包，豆包的皮是雪白的白面，里面的一层是黏黏的糯米面，再里面就是香甜的豆馅。包豆包的时候，要先把小豆煮至六分熟，再放进少许的糖。

做好的年糕切成方块，和豆包一起放进篮筐里，吊在房梁上，这是为了防止家中小孩和猫、狗偷嘴。寒冷的冬天里，它们会冻得像石头一样坚硬。

过年期间，家里的大人都希望小孩拿着这些好吃食到街上吃，或走门串户地吃。这是一种令人哭笑不得的虚荣心，要对外显示出自家日子过得好。

六

记得全家初到杨沟的第一年腊月，姥姥不放心我们，一再叫舅舅们写信给母亲，她还一再坚持要来沟里看看。我们兄妹几个都是在姥姥家里长大的，全家对姥姥都很有感情。

姥姥是独自一人坐火车来的，父亲向杨玉生借了辆马车，那是一辆三套马车，是沟里的杨木匠做的新车，很是漂亮。

杨木匠是东二爷唯一的儿子。他是个罗锅，长得瘦骨嶙峋、干干巴巴，但他的木匠活却是远近闻名的。他的脑瓜很聪明，什么样的木匠活都不在话下。

拉车的三个牲口也都膘肥体壮的，赶车的是个年轻人，叫杨玉敏，是一个壮壮实实的小伙子。

马车上路了，到王家站去接姥姥。王家站是一个很小的火车站，只有慢车才经停。车站的候车室也很小，是俄国人修铁路时盖的。

马车艰难地行在风雪中。在雪地里马车是跑不快的，要小心翼翼地通过几条结冰的河，防止马车轱辘掉进冰窟窿里，更要防备冰窟窿别断了马腿。

父亲坐在马车上，心急如焚。

姥姥独自一个人来的，已经七十多岁了，走起路来也歪歪扭扭。以姥姥的脾气，如果见不到接站的人，定会着急，如果她等不及，自己踏进风雪中是很危险的事。

杨玉敏理解父亲的心情，他把赶车的鞭子换成了大鞭子，拼命地吆喝着。马车终于在雪地上奔跑起来，卷起纷纷扬扬的雪雾。马不断地嘶叫着，从口鼻喷出腾腾热气，奋力地拉着车。

在雪白的大地上，偶有几棵落尽了叶子的树枯立着，一辆马车在雪雾中行驶，宛如一幅描绘北国风光的油画。

到了王家车站，附近冷冷清清，远远看去，姥姥孤零零一个人背着个很大的包裹，等在雪地里。

父亲和我急急忙忙地把姥姥扶上马车，让她坐在车上早已准备好的谷秸上。父亲还给姥姥盖上了早就准备好的厚厚的棉被。

"我还想下火车后自己走过去呢，顶多让孩子们推着小车来接我就好，怎么赶来了这么大的大马车呀。这大马车是真棒啊！"回家的路上，姥姥絮絮叨叨地说个不停。

姥姥的一生很不容易，她一共生了十个孩子，走丢了两个。我的母亲在兄弟姐妹中排行老二，是女儿中的老大。姥姥含辛茹苦地把八个孩子抚养成人，吃了一辈子的苦，如今年纪大了，仍要为子女们操着无穷无尽的心。

喂牲口的饲养员大为恼火，他朝杨玉敏发了好大一通脾气："哪有你这么使牲口的？这大冷的天，还下着雪，你怎么能让牲口出了这么多的汗！你这是在祸害牲口啊！"

"已经过点了，他们着急接人啊。"杨玉敏解释道。

"那牲口也和人一样，会生病，会感冒。生产队里还有比大牲口更值钱的东西吗？你是使唤牲口的，这样赶车不是瞎胡闹吗？"

饲养员给牲口们灌了一通汤药，所幸没有出事。他没有和别人说起这事，也没有再追究，沟里人做事都是讲情的。

姥姥回城也是由杨玉敏赶马车送的。姥姥在家里住了几天，放心不下城里的家，便着急回去。她和母亲相对抹着眼泪，在哭哭啼啼中分别了。

杨玉敏怕赶不上火车，天还没亮就出发了。

马车带着姥姥消失在茫茫的雪地里。母亲回家后，又哭了一场。

到杨沟的第一年，家里的粮食不够吃，让我充分体验了挨饿的滋味。那年我十三岁，正是长身体的时候。饥肠辘辘的感受深深地印在我的脑海里，刻骨铭心。

母亲把苞米秸秆的芯挑出来，粉碎后掺到苞米面里烀饼子吃，那轻飘飘的苞米秸秆芯根本不充饥，吃了也无济于事，而且口感干涩，难以下咽。

后来，母亲又把野菜掺到苞米面里做成菜饼子，这倒是可以充饥。但是野菜饼子有一种苦涩的滋味，也是难以下咽的。

搬来杨沟前，父亲买了很多的大酱，还带来了很多的酱糟，原本是准备喂猪的。做大酱剩下的酱糟是酱红色的，还散发着浓浓的发酵后的味道，连沟里的猪都不愿意吃。

母亲把酱糟用水反复泡过，去掉酱糟里的盐分，也去掉了发酵的气味。再把泡好的酱糟掺进苞米面里，用大铁锅烀成饼子。饼子也变成了酱红色的，有点苦，有点臭，吃的时候还直掉渣。

吃了几次，我就吃够了，但是又不得不吃。我吃的满口都是酱糟的味道，连打嗝都是那股味，吃得嗓子里火烧火燎的。

就这样，全家吃了两个多月，度过了一段难忘的日子。

母亲为全家的吃饭问题也是想尽了办法，每一顿饭都要思量着做。她还因此生出了白发。

七

杨沟的孩子们有一些是没念过书的，大部分的孩子也只念到小学毕业，念初中的很少，念高中的更是凤毛麟角——那都是生活殷实且有眼界的人家。

不念书的孩子在家里干农活，或到生产队去挣工分，帮助大人养家糊口，补贴家里的收入。

沟里有不少人都认为，下地干活才是正经事，念书是不划算的，甚至是不务正业。尤其是沟里的女孩子们，她们很少念书，早早到生产队里干活，挣些少得可怜的工分，为自己攒嫁妆。

我那时念小学，学校在离杨沟四里远的地方，还要经过两条河。

雨季河水湍急，河上没有桥，人们只能蹚着水过河。冬天，它又成了一条长长的冰河，蜿蜒伸向远方。

学校坐落在河的一侧，沿着河有一条土路。河的对面是一座山，山坡很陡，不易攀登，就像被河水长年累月地冲去了一半，因此被人们叫作"半拉山"。

那时，学校除了教学外，还会组织学生们参与集体劳动，比如到山上开荒。同学们在上下学的路上还会捡拾牲口的粪便，这是天然肥料。那时，每个同学都是肩上背着书包，胳膊上挎着粪筐，手里拎着粪叉子，一幅别有趣味的景象。

我在班级里个子偏高，也不像农村孩子那般敦实，干起农活来总是落后。我体力不行，也没有干农活的经验。因此，那段时间我总是惧怕上学。

到山上开荒，是一项重要的集体活动。同学们整齐地排成一排，挥舞着镐头，争先恐后地干着。老师们在身后一边指导，一边喊着鼓舞人心的口号。

每个人分到一块荒地，虽然我已经拼尽全力，但我的进度仍明显地落在了后面。这令我尴尬得抬不起头来。我开始怀念在城里的生活，怀念平整的柏油马路。

我的班主任老师，是我终身都难忘的恩师，也是我少年时代的指路人，正是他改变了我窘迫的状态。

　　他叫王元厚，是语文老师。我在班级里的学习成绩算是上游，尤其是语文成绩一向优秀，这都得益于王元厚老师的教导。

　　他注意到了我，让我担任了班级写作组的组长，让我负责报道班级、学校里的好人好事，他还在教室的墙上给我开辟了一个专栏，用来书写班级里的大事小情。很快，我的报道受到了学校的表扬，还被公社和县里的广播站朗诵播报。

　　王元厚老师让我重新对上学产生了兴趣，我不再惧怕与同学接触。

　　王元厚老师的家就在王家大队，距离学校有十几里地的路程。那时，我刚学会骑自行车，骑得歪歪扭扭，却迫不及待地要求送王元厚老师回家，这是我能想到的唯一的报答方式。他笑着答应了。同行的时候，他会同我聊很多，关于同学关系，关于田间劳作，关于学习……

　　后来，我才明白，原来王元厚老师是故意找机会和我聊这些的。他看出我敏感、心思重，于是采用了润物细无声的方式耐心开导我，这是他的一番良苦用心。

路弯弯

八

　　在杨沟的东面，有一条紧贴着悬崖的羊肠小路，小路顺着山涧，曲曲折折，又陡又长。

　　小路并非人工修建的，只是走的人多了，自然形成的。有土的路段被山上的羊胡子草覆盖着，没有土的路段遍布着细碎的石子和巨大的青石块，它们断断续续地组成了小路。

　　羊胡子草长得很密，又很细，根在土里扎得很深。夏天，一场雨过后，小路的路面会变得很滑。冬天，雪覆盖了路面，小路会变得更滑，人在上面都站不稳。

每到冬天走在小路上，有一半的路程是用脚走的，另一半的路程则是坐在地上顺着坡滑下去的。雪天滑行是很有趣味的，滑行速度很快，还要时常纠正方向，不然会撞到树干或石头上，最重要的是不能滑到路旁的山沟里。山沟大概有几丈深，有的路段离山沟很近，十分危险。

回程要辛苦很多，因为无法利用地势滑行，只能吃力地拽着山上的树枝，一步一步挪上来。走完全程，早已气喘吁吁了。

学校放寒假的时候，大雪已下了几场，山岭内外都是一片白茫茫。孩子们不能上山搂草，只能窝在家里。

人们要在漫长而寂静的冬日，找到可以消磨时间的去处。

我自然更闲不下来，便经常通过那条小路，去后砬子大队的供销社。那是一家占了十余间瓦房的供销社，算是方圆几十里唯一的大商店，货架上摆着琳琅满目的商品，还可以在屋里烤火取暖。

供销社里很暖和，我会围着柜台一遍一遍地转，仔仔细细地看着柜台里的所有商品。在物资匮乏的年代，沟里人的精神也是匮乏的，对一切事物都是好奇的。

我虽然没有钱满足购买的欲望，但是可以随心所欲地看，从而得到一种精神上的满足。这是我平常在闭塞的杨沟里少有的乐趣。

供销社收购猪皮，母亲会让我把猪皮拿到那里去卖。猪皮的重量不轻，在寒冷的腊月，我跟跟跄跄地扛着猪皮到了供销社。国家收购猪皮，往往给出的价格很高，还会给一定数量的粮票，因此很划算。

猪皮是按等级收购的，要以猪皮的大小和刀口的大小来评定。所幸，我的猪皮卖出了一个好价钱，我赶紧把卖猪皮的钱和粮票都揣进了兜里。

回家的路上，我走走停停地拿出钱和粮票，珍视地瞧着，像是怕它突然消失一般。

母亲病了，病得很重，病得很突然，一天醒来就变得嘴歪眼斜，当地人管这叫"吊线风"，其实就是急性面瘫。同时，母亲的后背上还长了一个很大的"火疖子"。

那是我们搬来杨沟的第一年，父亲调到县里工作，无暇顾及家里的事情。母亲是一个很要强的人，她独自支撑起整个家，照顾着四个孩子。兄弟姐妹中年纪最大的我，不过十三岁，年纪最小的三弟才几个月。

母亲要面对新的生活环境，要面对陌生的邻里，还要适应完全不同的生活方式。即便是如此艰难的境遇，母亲依旧每日面带笑容，她有自信能把家里的生活操持好，她想赢得沟里人的认可。

沉重的压力令母亲单薄的肩膀不堪重负，她终于病倒了。

在缺医少药的杨沟，母亲的病越来越重。万般无奈下，母亲只能抱着还在襁褓之中的三弟，领着我的妹妹，回到城里的姥姥家去治病。

那是一个残雪逐渐消融、春冬交际的日子，我送母亲回城。母亲临走前对我千般嘱咐，万般叮咛。我看着她的身影逐渐消失在小路上。她的病怕风，便用围巾紧紧地裹住头，也蒙住了脸，她不停地回头，向我挥着手告别。看着她离去的身影，我禁不住地泪流满面。

我回到家里，躺在炕上，倚着被垛，又哭了一场。

家里只剩下我和二弟了。

我和二弟独自在杨沟生活了有两个多月时间，那是一段令人难忘的日子。

刚刚开春，正是青黄不接的时候，我和二弟已经很久没有吃到过新鲜蔬菜了。春天家家户户都开始种菜地了，我很着急，但也无可奈何。我要用大锅做饭，要到山上搂草，要到井里挑水，这些已经使我焦头烂额了。

我和二弟还不太懂事，不管不顾地吃完了母亲省吃俭用留下的一坛子咸猪肉，还把家里不多的白面都烙成了面饼。这些都是母亲平日里积攒下来的。很快，肉、米、面便被我们一扫而空了。

我和二弟都不去上学了，尽管老师三番五次地派同学来找我们，可我总是千方百计地推脱。上学要早起，要走很远的路，还要淌过冰凉的河水。而且我们去了学校，中午便没有人做饭了。我和二弟整天待在家里，依偎在热乎的被窝里，不到饿得难以忍受的时候，是绝不会起来做饭的。

总之，那是一段无拘无束又浑浑噩噩的日子。

端午节到了，这在农村是一个很重要的节日，家家都会包粽子吃，还要吃鸡蛋、鸭蛋和鹅蛋，富足些的人家还要吃猪肉、酸菜、炖粉皮。

那是一个热热闹闹的日子。小孩们都拿着鸡蛋在各家的院子里玩耍，他们会用鸡蛋互相顶着，比谁的鸡蛋壳硬。那嬉闹的声音不断地传到我们冷冷清清的家里来。

我和二弟依偎在被窝里，我们没有粽子吃，也没有鸡蛋、鸭蛋和鹅蛋吃。被窝成了我逃避现实的唯一途径，我不敢面对起来以后令人不愉快的一切。在被窝里，或许还能做一个愉快的摆脱现实的好梦。

"砰砰"的敲门声从门外传来，我以为又是那些催我上学的伙伴们来了，我极不情愿地下地开门。

没想到，是邻居杨二婶来了。她手里提着布兜，不言不语地走了进来。她来到炕前，从提着的布兜里掏出了一碗冒着热气的酸菜猪肉炖粉条，还有十几个热乎乎的粽子和煮熟了的鸡蛋。

她把那些令人垂涎欲滴的食物仔仔细细地放在炕桌上，只说了一句话："唉，吃吧，快起来趁热吃吧。"

我呆呆傻傻地愣在一旁，一股暖流涌上了我的心头，堵上了我的喉头，我甚至连一句感谢的话都没能说出口。

杨二婶走后，沟里的十几户人家都陆陆续续地送来了过节的吃食，他们有的和我家关系好，经常来往；有的关系一般，不太来往。他们送来的食物，在炕桌上堆成了一座小山。沟里人做事都是默默无语的，也都是诚心诚意的。

那个端午节，是我印象最深的一次。

杨沟似乎也从那一天起，变得亲切了许多，真实了许多。原来，山山水水都是有情有义的。我不再感到孤独，不再感到抵触，也不再感到格格不入。

我在那个懵懵懂懂的年纪里，体会到了人心的温暖。我开始对杨沟恋恋不舍了。

九

东二奶奶是东二爷的老伴，也有七十多岁了，她的年纪比东二爷还要大些。她虽然长得是干干巴巴的老太太模样，但腰板总是挺得很直，精神抖擞。她总是把自己收拾得利利索索的，衣服上虽然打着补丁，却洗得干干净净。

她很少走出自家院门，总是在家里、院子里忙前忙后，在她家的院子外总能听到她呼唤鸡、鸭的声音。她对待鸡、鸭就像对待小孩子一样耐心又温柔，她养的鸡和鸭都精神满满、油光水滑的，因此沟里的人也叫她"鸡婆婆"或"鸭奶奶"。

她从不东家长、西家短地传闲话，也不评论人家的是是非非，她很少到各家去串门。左邻右舍对她都有着很好的印象和评价，也都对她非常尊重。

她每每见到我总是笑着，一副慈眉善目的样子。

东二奶奶不但是一个善良的人，也是一个快乐的人，还是一个通情达理的人。

东二爷家是杨沟里人口最多的人家，他们家的儿孙婆媳妇都早，生孩子也早。但是他们都住在一起，没有分家。因此他家总是热热闹闹又有条不紊。人们从来都没有听东二奶奶说过儿孙媳妇的不是，她还总是人前人后地夸奖她家的媳妇们。人们都说："东二奶奶会当婆婆，是个通情达理的聪明人。"

在他们家，从来没有不和谐的事发生，也少有争吵，这与东二爷和东二奶奶的治家有方不无关系。

东二爷和东二奶奶还在世的时候，他们家曾是少见的五世同堂。这事惊动了方圆百里，连当时的市长都带着贺礼到他家来祝贺。人们说："是东二爷家的人做了善事，得到了祖宗的庇佑。"

沟里几乎所有的孩子都是东二奶奶给接生的，她是沟里的接生婆，因此也得到了沟里人的敬重。

她接生的工具仅有一把破旧的老式剪刀，这就是她的手术刀，用来剪断新生儿的脐带。剪刀被她用红色的布包裹着，从来不许别人动。只有去接生的时候，她才从炕柜里拿出来，用之前她会用火仔仔细细地燎一遍，以作消毒。

我的三弟就是东二奶奶给接生的。母亲坐月子的时候，为了答谢东二奶奶，母亲让我给她送去了二斤蛋糕。那是从城里买来的，一直没舍得吃，在乡下是很少见的好东西。东二奶奶自然是舍不得吃的，她都分给了孙辈的小孩子们。

　　我还记得，那天格外寒冷，我睡在生产队的饲养室里。父亲还在县里工作，也不在家。

　　半夜，母亲躺在炕上感到一阵腹痛，立刻意识到孩子即将出世，便让我二弟赶紧去叫东二奶奶来。

　　漆黑的夜晚，风穿过树叶发出令人生畏的吼叫，山沟里没有路灯，家家户户间充溢着浓重的黑色。东二爷家住在杨沟最东面，也是杨沟的高处，我家住在杨沟中间，相隔好几百米的路程。

　　"我，我害怕……"年幼的二弟畏缩在外屋，哆哆嗦嗦地说。他害怕沉重的黑夜、呼啸的北风，还有间或响起的犬吠。

　　二弟从小就是一个胆小的人，他从来不敢上山搂草、捡蘑菇，也不敢到井边挑水。天黑了，他更是不敢出门的。二弟生得白白净净，长着一头像母亲一样的卷曲的头发，脸也像母亲一样漂亮。

　　"我去！"不满八岁的妹妹说道。

　　就这样，妹妹顶着呼啸的风，奔出家门，冲向了黑色的夜。她不管不顾地跑着，仿佛只有向前跑，才能抛下黑暗，才能躲开犬吠。

　　她在路上还摔了一跤，但又立刻爬起来继续跑。她为母亲请来了东二奶奶，解救了痛苦煎熬的母亲，迎接了三弟的出生。这也是后来妹妹最引以为自豪的事情。

　　三弟和二弟都是属狗的，还是同一天生日，相差了整整十二岁，这是很巧合的事情。

　　母亲在坐月子期间，既要照看嗷嗷待哺的三弟，还要烧大锅做全家

路弯弯

人一天三顿的饭，没能得到充分的休息。后来，她经常生病，姥姥说这都是因为她在坐月子的时候没养好，落下了病根。

三弟满月后，母亲又回到生产队继续工作，她抽不出时间照看三弟，照顾三弟的任务便落到了我们几个小孩子的头上。三弟是在我妹妹背上长大的，那时年纪不大的她经常背着三弟，在沟里转来转去。

三弟稍微长大了一些，母亲便让我去供销社买来饼干，在面板上碾碎，泡上奶粉，喂他吃。

供销社里只卖一种椭圆形的饼干，四角三分钱一斤。我们三个孩子就这样用掺着粗粮的饼干和袋装奶粉，一口一口地把三弟喂养大。

十

杨沟里有一户生活宽裕、很有名望的人家，那就是杨吉昌家。他家的生活和沟里的其他人家比起来要富足许多，他家的吃穿用度在沟里都是屈指可数的。

杨吉昌是个赤脚医生，在大队的医疗点上班。医疗点很简陋，只有他一个人，他既要给人看病，还要给人抓药，连打针都是他。但是，他也只能治一些小病，治一些不严重的外伤或头痛感冒之类。遇到稍微严重些的病人，他就把他们推到公社的医院。在那个缺医少药的年代，家家户户都有求于他，他也是沟里不可或缺的人物。

杨吉昌有两个儿子，大儿子叫杨玉昆，小儿子叫杨玉仑。杨玉昆比我大三岁，杨玉仑和我同岁。

杨玉昆长得结结实实，年纪不大，但身形彪悍。他经常戴着大姐夫给他的军帽，穿着大姐夫给他的军用胶鞋，一副时髦又气派的样子。他在学校里的学习成绩很好，还写得一手很漂亮的钢笔字，是沟里伙伴们的崇拜对象，也是我很仰慕的人。

他的一言一行、一举一动都有种与众不同的气度，他和沟里人说话办事有着很大的不同，他好像懂得很多更深远的道理，对任何事情都有自己的观点和见解，他的独特气质深深地吸引着我。他是我由衷佩服的兄长，也是我很要好的伙伴。

在我孤独的时候，在我不会搂草、敲疙瘩头的时候，他都帮助过我。他经常带着我到东山上去搂草、砍柴，我也经常跟他讲起城里的事情，他是一个很好学的人，他对杨沟外的一切充满了好奇心。

杨玉仑上学比我晚一年，因此比我小一级，我们两人相熟的过程颇有些戏剧性。他养了一只高大威风的狗，叫大黑。大黑是杨沟的"狗王"，沟里几十只狗没有敢和它抗衡的，大黑只听杨玉仑的召唤。一开始，我很怕那只狗。

在杨沟，狗是人们生活中的重要伙伴，它能看家护院，还能跟随主人上山下地，给人们增加生活的乐趣。沟里养了数十只狗，有的一家还养了好几只。沟里的狗叫声从来不断，狗也使本来寂静的山沟充满了生活的气息。

沟里的狗经常打架，它们都有自己的领地，就是自己家的院子。它们为了抢夺食物打得不可开交，你追我撵的场面十分热闹。刚到杨沟时，我被那些狗吓得心惊胆战，很长一段时间不敢到别家去串门。

大黑的狗王地位，是它多少次和各家各户的狗争斗、较量、撕咬后换来的。每当沟里来了生人的时候，大黑总是冲在前面，带领着大大小小、颜色不一的狗群，追着人狂吠，那声音此起彼伏、震天动地。当沟里来了陌生的狗时，大黑也会带领着狗群群起而攻之，带起一阵纷纷扬扬的泥土，将沟外来的狗驱赶得落荒而逃。

大黑还会带着狗群在沟里到处游荡，或去东山上觅食。它们总是

路弯弯

成群结队的，大黑走在前面，不时地还四处张望着，是一个十分合格"老大"。

一天中午，我放学回家，远远看去在我家门口聚了一堆人，还传来声嘶力竭的狗叫声。

我的心里一惊，是阿力和大黑打起来了？

这是我始终担心的事情，强势的大黑和桀骜不驯的阿力是一对冤家。它们经常互相龇牙，谁都不服谁，但阿力始终不出门，它们没有打仗的机会。

阿力是父亲从城里带来的狗，是只被淘汰的军犬，是正宗的德国牧羊犬，上半身黑色，下半身黄色，后腿弯曲，跑起来飞快。它很少乱叫，总是独往独来，不与沟里的其他狗为伍。它始终坚守在自己家的院子里，有些孤傲和清高。总归是经过训练的，它的一举一动，都和沟里的其他狗有所不同。

阿力很懂事，也很通人性。母亲晚上要到生产大队去开会，会穿过一条漆黑的羊肠小路，母亲便叫上阿力和她做伴。阿力就守在母亲开会的不远处，隐蔽着身形，静静地等母亲开完会，它再摇头摆尾地和母亲一起回家。母亲没有带它一起出门时，它会在固定的地方静静守候，母亲一出现，它便一跃而起，哼哼唧唧着上前迎接。

母亲和全家都对阿力爱怜不已，把阿力当成了家里的成员之一。

原来，是大黑到我家的院子里吃了阿力的狗食，两只狗才打起来的。大黑在沟里骄横、霸道惯了，它常随随便便到各家各户去吃食，其他狗都对此习以为常，因为它是狗王。

可这次，它侵犯的是阿力的领地。烈性的阿力忍无可忍，两只本就针尖对麦芒的狗立刻撕咬起来。

阿力虽然体型比大黑要小一点，但是它比大黑灵活许多，它对沟里的规矩也是不管不顾的，大概它对大黑的狗王地位也很不服气。

等我赶到时，两只狗已经争斗了多时，大黑趴在地上，"呼哧呼哧"地剧烈喘息着，嘴里发出"呜呜"的怒吼，嘴角还淌着血，一副恼羞成怒、气急败坏的神态。

阿力则站立在一旁，脊梁上的狗毛都竖立起来，它的嘴角也流着血，但它没有发出声音，一双眼睛死死地盯着大黑，后腿弓着，一副随时准备冲锋的姿态。

围观的人很多，围观的狗也很多。

突然，大黑从地上蹿了起来，张牙舞爪地扑向阿力，张开了血淋淋的大口。阿力纹丝不动，在人们还没有反应过来的时候，它弯曲的后腿用力一蹬，身体在空中划了一条弧线，狠狠地咬住了大黑的后腿。

大黑凄惨地哀嚎着，拼命地扭动着身体，想要甩掉阿力，但阿力紧紧地咬着不松口。

"这哪是狗啊，这简直是头狼啊。"

"是下死口咬的呢。"

"可得小心点，这阿力实在太厉害了。"

随着大黑的惨叫声，围观的人们一边议论纷纷，一边惶恐地向后退着。那些围观的狗也发出"呜呜"的低鸣，向后退去。

我拿起了铁锹，驱赶阿力。

"阿力，松开，松开！"我大声地喊着，我怕大力当真咬坏了大黑，影响了我和沟里伙伴们的关系，也影响了家里和邻居的关系，更怕阿力引起沟里人的恐慌。

阿力听话地松了口。

大黑跟跟跄跄、一瘸一拐地朝自己家的方向跑去，不时地回头张望，唯恐阿力再撵它。

路弯弯

阿力没有追赶大黑，而是挺立着身体，眼睛死死地盯着大黑逃跑的方向。

从此以后，大黑再也没有到我家里来过，甚至在我家附近也没有再出现过。沟里的其他狗也不再像过去那样，随随便便地来我家里串门。

"是我家的阿力不好，咬伤了大黑，这是消炎药，你给大黑抹上点吧。"母亲到了杨吉昌的家里，愧疚地说道。

"狗打仗不算个事，大黑的伤很快就会好的。再说是大黑到你家的院子里吃阿力的食，这怨不得阿力，更怨不得人，没事，没事。"杨吉昌的老伴情真意切地说。沟里的人一向是通情达理的。

阿力和大黑打仗的事，在沟里的反响不小。很长一段时间，大家都对此议论纷纷。

我对当时的情景心有余悸，在此之前我没有看到过狗打仗，但我的心中也隐隐升起了一种自豪感。本来我是怕狗的，尤其是惧怕大黑，它曾经撵过我，还经常对我狂吠。这下，我也算是扬眉吐气了。

大黑失去了狗王的威望，整天蔫头耷脑、无精打采的。看来狗也是欺软怕硬的，阿力打破了沟里几十只狗之间的平衡关系，沟里的其他狗见到阿力也都低眉顺眼、恭恭敬敬的。但阿力仍待在家里，很少出门，并没有就此耀武扬威、称王称霸。

因为阿力，我在伙伴中的威望也提高了不少。杨玉仑也不再炫耀大黑的事了，他在狗的事上比我矮了三分，也失去了话语权。只听说过"狗仗人势"的说法，没想到我竟然还能"人仗狗势"一回。

从那时起，我再也不怕狗了，甚至开始喜欢狗，尤其喜欢阿力。

二丫山的山峰侧面有一道山岗，高度虽然不及二丫山，但从沟里看去，它就像是一道城墙，守护着杨沟。山岗上的风很大，风穿过茂密的松树林，会发出尖啸声。

　　站在山岗上，可以看见杨沟的全貌。红色的瓦房隐隐可见，鹅和狗的叫声也可以传到山岗上来。

　　山岗的另一边是一条巨大的山沟，叫老婆沟，沟里荒无人烟，老树参天，蒺藜丛生，到处都是很高的茅草。

　　我经常独自一人带着阿力到那条山沟里去，我喜欢那里的寂静和荒凉，可以令人静下心来。那里无人打扰，我可以躺在大石头上眯着眼睛看太阳，闻着草木的芬芳气味，静听无数蝉鸣鸟叫。

　　我在沟里看见了许许多多未曾见过的东西，有各种各样的奇花异草，有嶙峋的怪石，有各种各样的鸟，有叫不上名字的虫。那是独属于我和阿力的乐园，我俨然成了一个探险者，带着我忠心的护卫，在陌生而神秘的世界尽情历险。

　　最后，我和阿力一起登上山岗，仿佛站上了世界之巅，只等清风吹拂，极目远眺，风光无限好。

路
弯
弯

一

1977 年的夏季，激情满怀的我正在田间不分昼夜地劳动，心无旁骛地干着农活。思想上的激情和身体上的疲惫融合在了一起。

那是一个酷热的夏季，雨季也随之到来，炎炎烈日和瓢泼大雨交替出现。地里的农活很紧张，是抢收、抢种的农忙季节。要抢在天气变化前，把地里已经熟透的粮食收割下来，还要及时地运到场院里晒干、脱粒、入库，再将下茬的粮食都种上。

收和种要同时进行，都要在短暂的时间内完成，不能耽误了庄稼生长的节气。

地里的麦子熟透了，金黄色的麦穗耷拉着，好像要把麦秸压倒一般，急等着人们去收割，否则它会倒伏在泥水中。

遍地油菜花儿谢了，油菜荚鼓鼓囊囊的，在风中发出"哗哗"的声响，好像随时都要爆裂开来。如果油菜荚爆裂了，油菜籽会落到地上生根发芽或直接霉烂，颗粒无收。

山上果园里的农活也刻不容缓，炎热的雨季，是各种虫子快速生长的时候。果树需要打农药，否则那些可恶的虫子会大快朵颐苹果树的叶子和还幼小的果实。果园里的野草也在疯长，需要马上锄掉，否则杂草会吸收果树的肥料，导致苹果减产。

"我们的人手不够啊，要打药、除草、间果……苹果可是生产队收入的主要来源啊。"果园组的组长王元春一脸哭相，着急地对我嚷着，他已经累得筋疲力尽，没有了平常的温文尔雅。

"不行，坚决不行，我们的劳动力太紧张了，抽不出人手！"大田组组长赵长海高声喊着。

赵长海是一个个子高高、五大三粗的汉子，是带领大田组社员干活的"把头"。他不善言谈，脸色憋得通红，用很大的嗓门吼着："难道要眼看着粮食烂到地里吗？吃苹果能填饱肚子吗？地里的粮食要收，下茬的粮食要种，这天说变就变。现在正在节骨眼上，我们的劳动力更紧张呢！"

王元龙是大车组的组长，他从来都是安安静静、少言寡语的，但是现在连他也忍不住开口道："地里收下来的粮食要拉到场院里，还要把各家各户的粪肥拉到地里去，要耕地，还要播种下茬的粮食，场院里也需要牲口。牲口和人一样，也需要休息，它们也受不了啊。"

火热的天气，众多的农活，人们的情绪越来越焦急。

我也忙坏了，要协调三个组长争劳动力、争肥料的矛盾，要带头下地干活，晚上还要在场院里参加"夜战"。

不光是"夜战"，还有"早战"和"午战"，一天到晚连轴转地干活，我一会儿在大田地里，一会儿在果园里，一会儿又要跟着牛车往地里送粪，我简直筋疲力尽、手忙脚乱。

这是一年中最关键的时刻，也是最忙、最累的时刻。我坚定且激情满怀地投入劳作中，因为我是生产队的队长，有不可推卸的责任。

我和生产队有很深的感情，下乡不久我就被大队派到了生产队，任职管理几百口人的生产队长。

在生产队我学会了很多的农活，还学会了踏踏实实和任劳任怨的处世之道，这都是那些质朴憨厚的农民们教会我的。日日夜夜的操劳中，我和社员们及生产队的一切都融合在了一起，有了深深的感情，和社员们的相处也越来越融洽。

我一门心思扑在生产队的工作中，那里有我的信念和理想。

在生产队，我学到了在书本上学不到的东西，接触了过去无法想象的、各式各样的农活。这里的一切对我来讲，都是新鲜的，我逐渐地习惯了这样的生活。

社员们也信任我，包容了我的幼稚和无知，服从我的领导，听从我的指挥。

当时，我决心要在广阔天地里锻炼成长，要扎根农村干一辈子，这样的信念坚定地存在我的脑海里。我要在生产队干出业绩，要在农村进步成长。

为了改变农村的面貌，让社员们有一个好的学习环境，我带领社员盖了文化室。那亮亮堂堂的五间大瓦房，在当时是很先进的，也是很时髦的建筑。

为了响应号召，要多养猪、多积肥，生产队盖了五十个猪圈，生产队成为全公社多养猪、多积肥的先进典型。

为了学习天津的小靳庄，生产队的年轻人下苦功，排练了节目，拿下了全公社汇报演出的第一名。那时，生产队的政治和文化活动搞得是有声有色。

为了提高社员的工分收入，生产队大搞副业。为了让家家都吃上干干净净的粮食，生产队铺了水泥的场院……

我的心在生产队，情在生产队，那儿的山山水水、一草一木都渗透了我的感情。无论春夏秋冬、农忙农闲，田地里、果园里，都有我留下的足迹和淌下的汗水。

　　经过几年的奋斗，生产队成为大队和公社的先进单位，我感到了成功的骄傲和喜悦。

　　"我要在广阔的天地里大有作为！"

二

　　正值夏收夏种的关键时刻，却传来了惊人的消息：大学开始招生了！一时间，我被这巨大的惊喜冲击得不知所措了起来。

　　上大学曾是我梦寐以求的事，我一直没有放弃学习，只等有一天可以将这个梦想变为现实。但此时，生产队的每个人都热火朝天地扑进了田野里，我也为此而付出了许多的努力，汗水浸润了每一寸土地，眼看即将收获回报了，难道我要就此放弃，重新选择另一条道路吗？

　　公社办起了免费的高考辅导班，公社的领导说："这是千载难逢的机会，是你们人生的转折点，也是为国家培养、选拔人才。我们全力以赴地支持有能力的人去考大学。"

　　但是，我仍旧陷于内心的迷雾中。在乡下的这几年，我拼搏过，努力过，自问问心无愧，无论是精神还是现实都获益颇丰，这片土地培养了我、滋润了我，助我完成了人生的蜕变。我难道真的要离开脚下的大地，远赴那高高在上的象牙塔吗？

　　显然，考上大学就可以远离面朝黄土背朝天的境遇，拥有一份更体面的工作，可以实现更远大的理想。大多数青年都迫不及待地选择了这条道路。我却处于深深的矛盾之中，始终难以定夺。

我离不开生产队，离不开黄土地，这里有我的理想，还有我的豪言壮语。在我的脑海里，它们未曾有过一刻动摇，它们是我一直以来的精神支柱和奋斗目标。

我没有去参加公社的辅导课，也没有复习功课，我放不下生产队，我的心在这里。正是农忙的季节，我不能只顾自己的前途。

"我不能食言。"

我反复地想着，更坚定了自己的打算。而且，此时的我心思根本不在功课上，即便是复习，也根本看不进去书。

大队的党支部书记李永娥找到我，推心置腹地说："招工的机会，你让给了别人；参军的机会，你又让给了别人。这次考大学，你说什么也得去。考不上也没有关系，大不了再回来，没有人笑话你。可若是考上了，那可是一辈子的大事啊。我知道你放不下这里，但你要知道，有了知识才能为国家做更大的贡献，才能从根本上改善农村的情况。我给你找一个僻静的地方，你去安心复习吧，生产队的事你就别管了。"

"嗯，好吧。"我无可奈何地答应着。

在一个看护铁路的小房子里，我背了两天政治的复习提纲。

"商品就是用来交换的劳动产品。"我的眼睛看着书，嘴里嘀咕着，但是却很难将知识记到脑子里，我的心始终牵挂着生产队，"队里的麦子割完了吗？"

生产队的会计王元久与我交情很深，他看出了我的心不在焉。

"要去考大学啊！这比你在生产队干活重要啊！"他焦急地劝道。他还把我关进他家的西屋，把门从外面锁上，每日送来饭菜，只为让我安心复习。

"好好复习吧，生产队的事情你别管了！"

太阳炙烤着大地，热浪腾腾，生产队的社员们干得热火朝天。现在正是麦子晒场、脱粒的时候，遇上了难得的晴朗天气，要抢时间、抢进度。

脱麦子的机器启动了，那熟悉的声响隐隐传来，像是在召唤着我。我焦急地聆听着，如热锅上的蚂蚁一般坐立不安。

终于，我打开了王元久家的窗户，跳了出来，奔向了生产队的场院……

三

临近考试的前几天，李书记又找到了我，说："你必须参加考试，我在大队已经给你报名了。"

就这样，在基本上没有复习的前提下，我无奈地走进了考场。第一天考的是政治和语文，政治我复习了几天，语文我基础不错，因此，一天下来自我感觉考得还不错。

"不过如此。"我有些沾沾自喜，还有些得意忘形。

当天晚上，我回来就加入了生产队的劳动，扛着麻袋包，踏过高高的桥板，把晒干的麦子送进粮囤子里。这算是一项重体力活，我坚持干到了后半夜。

第二天考的是物理和化学，我打开试卷的时候，简直两眼一抹黑，脑子里一片空白，那白纸上的考题在我的面前嘲弄般飞舞着。

我努力地想定下神来，但无济于事，我无法进入考试状态。这些考题，我竟然一道都不会做。不管是难的，还是简单的，我都是无从下手。这是我从来没有经历过的事情。

也许是我精神紧张的原因，也许是我体力不支的原因，也许是我基础知识太差的原因，总之，我乱了阵脚，无法继续答题，竟然浑浑噩噩地提前出了考场。当时，我甚至都不知道自己做了什么。

那天是我人生中最关键的时刻，我丢盔卸甲、狼狈不堪地逃跑了。我放弃了考试，后面的科目也都没有参加。

如今，我仍对当时的场景记忆犹新。那是耻辱，是遗憾，也是一个转折点。

"干活是个好小伙，但不是念大学的那块料。"有的人这样议论着。这些话像锥子一样扎在我的心里。

形势的变化出乎意料，农村在全国带头实行了翻天覆地的改革，土地承包了，包产到户了，生产队也解散了。

我万分惊诧，无法理解这一切，我失去了曾经流血流汗的战场和发挥青春激情的平台。

我魂不守舍地度过了一段失去信念的日子。我的出路在哪里，奋斗的目标和方向又在哪里？

考大学的事，给我的打击很大，给我的刺激也很大，它使我无地自容，但是我的心里始终是不服气的。

通过这次失败，也使我看清了自己，知道了自己的无知和渺小。它也让我看到了世界，认识了世界的浩瀚和知识的无穷无尽，它使我在迷茫中逐渐地找到了自己人生的目标和方向："要学习，要用知识来充实自己，实现更远大的理想！"

"我要考大学！"我确立了这样的目标和方向。

我回到了城市，没有了曾经的意气风发，也失去了曾经的朝气蓬勃，但我沉下心来，一心一意地复习着功课。这一次，我将心无旁骛，全力以赴。

青年点里的点友们也都陆陆续续地回来了，他们有的进了工厂，有的结婚成家了，领着足以维持生活的工资，过着有奔头的日子。而我却是个复读的学生，没有工资，没有固定的工作，在无尽的题海中煎熬着。

当时，支撑我的唯一信念就是要争口气，要考上大学，要证明自己。除此之外，我的脑海中，再也装不下其他。

其实，那是十分艰难的一个决定。我已经到了娶妻生子的年纪，却没有生活来源，还要从头复习书本，只为实现一个遥远的梦。

我像着了魔一样，不回头，不后悔。

四

回到城里后，我先念了机械加工专业的中专。

中专是要念的，否则我就成了无业游民，可复习也是必须的，否则就考不上大学，实现不了我的梦想。我只好白天念中专，晚上复习高考的功课。

我家住在斯大林广场，附近的卫生学校、工学院的化工系教学楼，都是我经常去的地方。这些地方的自习教室有暖气，还有良好的学习氛围。

我报了夜校，在新开大街的西岗区文化馆，我几乎每天晚上都去上课。在两年时间里，我重新学习了初中、高中的所有课程。不管是寒冷的冬天，还是炎热的夏天，无论风霜雨雪，都挡不住我学习的脚步。中专放学后，我就直奔文化馆去听课，经常是晚上九点以后才能回到家里，吃上晚饭。

我还暂时切断了和朋友的往来，不再参加任何聚会，一门心思地苦学。那是一段枯燥的生活，如苦行僧一般，需要极大的毅力和决心。可那段时间里，我的心里是充实的。我不是一无所有，在农村经历的一切都是我的丰厚积累，这些经历磨炼了我的心性，这是无论何时都不会改变的。

　　我把心收了回来，投入如痴如醉的学习中。功夫不负有心人，在回到城里的两年之后，我如愿考上了大学，开启了人生的新篇章。

回城

家门口是一条弯曲的小河，河边的蛙鼓噪了大半宿，叫声此起彼伏，不绝于耳。它们时而发出"咕咕"的低唱，时而又转为"呱呱"的高吟，有时铿锵有力，有时沉闷压抑，汇成一曲自然之歌。

初秋的夜晚，不但有蛙的叫声，还有蝉的鸣叫，以及各种蛾子在夜空中围着有光亮的屋子飞来飞去。

那是一个热闹又寂寥的夜晚，半个月亮高高悬在空中，河边的柳树在微风中轻轻摇曳，柳枝投影在河水中时隐时现。

我没有入睡，不是因为那蛙叫蝉鸣。此时，我早已习惯了这乡村夜晚的自然乐章，听来宛如催眠曲。我沉浸在亢奋的情绪中辗转难眠，思绪万千……

如今，我已经十五岁了，正是个容易惆怅、思虑良多的敏感年纪。

十天前，父亲接到了工作调令，要求他调回原单位工作。我们一家也将结束农村生活，与父亲一同回到城市。这是件好事，家中自是一派喜气洋洋。

直到大前天，父亲先回了城，安排好一家回城后的大小事宜。出发前，他与母亲约定好，星期四，也就是今天，全家从农村搬回城里。

记得三年前全家刚搬来乡下时，虽然是早已决定好的事，但初到新环境，父母心中难免有些不适与顾虑。

几天来，母亲忙着挨家挨户地告别，你来我往，络绎不绝，竟也生出几分不舍与留恋。母亲把回城后用不上的东西都分给了左邻右舍，乡邻们都是木讷却实在的人，省去了不少无用的寒暄与客气。

还不到凌晨，敲窗玻璃的"砰砰"声把我从朦胧中唤醒。

"大强，大强，是我。"来人是住在沟里边的杨四爷，声音压抑又急促，"我和你妈妈说好的，来拿门板。"

我知道，杨四爷今天一大早来取门板。待我们一家搬离后，这破旧的房子便会闲置，门板自然也没了用处，杨四爷早早便向母亲索要了去。我才刚睡着，也只得揉揉眼睛，极不情愿地起来。

杨四爷给我的印象很不好，他家的房子是破旧不堪的，他的穿着也是邋邋遢遢的，据说他早晨从来不洗脸。他家里吃粮没有计划，经常要向生产队和邻居家借粮食，他们一家人都是出了名的不勤快。

"城里来的小人，都是病秧子，白吃饱的货。"他经常挖苦我，说完便咧嘴一笑。总之，我对他的印象很不好。

他利索地卸走了外屋的门板，房子就不像个房子了，只剩下一个黑黑的洞。

杨四爷背着门板的背影，渐渐融进了夜色中。那是我最后一次见他，后来我再回到山沟时，他已经作古了。

从来到这僻壤的山沟算起，到现在已经有三年的时间了，如今即将离开，我在喜悦的同时还感到了隐隐的酸楚，那是一种难以表达的复杂感受。

几天来，家里几乎顿顿都有肉，母亲将正在长秋膘的猪杀了，尚下蛋的鸡杀了，就连鸭子和鹅也都杀了，这些禽畜是不能带到城里的。

没了禽畜，院子里一下子安静了下来，不复曾经的惬意与热闹，一种破败、冷清的氛围弥漫在我曾熟悉的农家小院。我的心里感到一阵茫然，就连难得入口的肉也吃不出滋味。

我来到砬子山，独自走上熟悉的山间小路。我要向砬子山告别。三年来，我无数次地走在这条山路上，搂草、砍柴、捡蘑菇，我的汗水曾经洒满这条山路，我被蒺藜、石块、镰刀划伤的血也曾洒在这条山路。

山路上有个巨大的石头，我背草时常在那儿歇脚，石头旁有一块带血的布条，那是我曾经割破了手，用来包扎伤口的。山岗上有习习的凉风，有雄姿沧桑的松树，还有枝叶茂密的柞树。

山上的一草一木，都是鲜活的、富有生命力的，让我依依不舍，久久难忘。

我准备最后打一次山枣带回城里，此时的山枣还泛着青。伙伴狗剩来了，他没有多说什么，只狠狠地用枝条抽打长在蒺藜上的山枣，山枣滚落进他带来的簸箕里，很快就打满了一个不小的面袋。

我又来到了挑水的井旁，这也是我几乎每天都要来的地方，无论春夏秋冬，不管刮风下雨，我曾为取水而爬至井底，那是我如今回想起来依旧会感到后怕的一次经历。我默默地向那口有历史的老井告别。

最后，我来到了家里的菜园子，这也是我曾经抛洒汗水的地方，是我心中的田。

几天来，沟里的人不断来到我家，放下东西，又匆匆离去。他们的告别沉默而真挚。沟里没有什么能拿得出手的东西，唯有鲜嫩的蘑菇令人尝之难忘。家里收到了各式各样的蘑菇，有晒干的，有半干的，也有新鲜现采的。

上午十点左右，父亲带着两辆解放牌的卡车来了。母亲做了美味的饭菜来犒劳司机，还烀了一锅香喷喷的嫩苞米，大家吃得心满意足。

这又让我不禁想起了三年前，那是一个大雪天，汽车费力地行驶在坑坑洼洼的苞米地里。母亲没有给司机备饭，司机嘟嘟囔囔地抱怨天气与道路，和今天的情景真是大相径庭。

生产队今天不出工，生产队长杨二爷正在指挥社员帮忙装车，全沟的人都围在我家的四周。

车缓缓地起动了。

我看着那越来越远的家，那座草房虽然透风漏雨，但我与它早已有了深深的感情，一股难以描述的依恋涌上心头。

我憋着泪水默默地看着那逐渐远去的砬子山，砬子山在泪水中模糊了。

再见了，涓涓流淌的小河。

再见了，四季分明的杨沟。

再见了，老老少少的乡邻。

"无论将来到天涯海角，我都不会忘了你，杨沟。"

我坐在颠簸的车上，默默地说。

海的潮汐是非常壮观的，涨潮和退潮都令人惊叹不已。

农谚说："初一、十五两头潮。"在我还小的时候，姥爷也常说："海的潮汐和月亮有关。"农历十五的月亮是圆的，那天退潮也是最壮观的。

"赶海"，顾名思义，是把海水赶下去，露出海滩，人们便能在裸露的海滩上获取海物。与其说是赶海，我倒觉得更像是追海，人们追着逐渐退去的海水来到了海滩上。

海水退去的海滩上，会留下黄金般的细沙，也会有大大小小的鹅卵石和突兀怪异的礁石，海物大部分都盘踞在沙滩或者礁石上，有贝类、壳类，也有随着海水飘来的各种各样的海菜，可谓数不尽数、琳琅满目。

姥爷和海打了一辈子交道，他深谙大海的脾气。上了年纪后，他总爱和一些同样上了年纪的老伙伴坐在街头晒太阳。他们总会讲起海，关于海的故事无穷无尽，姥爷还会掐着手指头算出退潮的大小，当然也要结合风的强弱和风的方向。

"看到海，我的心里就亮堂了，什么糟心事都没有了。"姥姥总是这样说。她经常去赶海，也时常带着我去。

姥姥从小裹脚，她的脚很小，走起路来歪歪扭扭的。她总是提着筐去赶海，无论有没有潮。

姥姥家有十几口人，吃饭是个大问题。她到海边不光是因为喜欢，更重要的是要在海边捡捞那些海物，来为家里补充食物。

我小的时候，常跟着姥姥去赶海，从此便和大海有了来往。海水里有我的情，有我的梦，有我无穷无尽的幻想和难以言表的依恋……

现在举世闻名的星海广场，当年那里还是一片滩涂地，一个很大的海产品养殖场，我经常到那儿去"偷海"。那里养殖了厚厚一层的蚬子，随手就可以捞出一捧，一会儿工夫便可以捞出满满一筐。那又肥又大的蚬子可以生吃，也可以煮着吃、蒸着吃，既能当菜，又能当主食。

但养殖场是不允许随便进出的，有专门"看海"的人。不过，总有人会偷偷地穿过围栏去赶蚬子，这就叫"偷海"。

我和姥姥来到海边，专捞一种俗称"下锅烂"的海菜。这种海菜长在褐色的礁石上面，或缠绕在鹅卵石上，或漂浮在海水里，随着浪花在水里摇摇摆摆。捞海菜时，要用一根长长的铁丝在海水里捆来捆去，海菜便会缠在铁丝上。湿漉漉的海菜沉甸甸的，还不停地从筐的缝隙中渗出水来，滴滴答答地湿了回家的路。

姥爷经常对我讲起海的故事，都是他出海遇到的事，有些是他经历的，有些是他听说的。

出海打鱼是一项很刺激的工作，也十分危险。出海前，人们要在海边烧香拜佛放鞭炮，乞求海龙王保佑。在海里遇到大风大浪时，也要在船头点上香，全体船员都要跪拜海龙王。除了风浪，海里还有许多未知的危险，大乌贼会用长须子把船上的人捆下海吃掉，海蜇会把下海的人蜇死。大雾会让船在海里迷失了方向，只能没有目标地漂荡，直到触上礁石，船翻人亡。海里还有不知名的漩涡，会把船无声无息地拖走。不过，海里的鱼大部分都是成群结队的，只要遇上鱼群，出海的船便能大有所获。

大海是无情的，却也是温柔的。

三舅经常带我去钓鱼，到星海公园的沙滩上或礁石上。他把几副鱼竿支在海滩上，耐心地等待鱼上钩，不过往往都是无功而返，钓鱼需要到离海边远一点的地方，但三舅没有船。

我渐渐地长大了，在离海很近的地方。

夏季，学校经常组织同学到海上活动。在海里洗海澡，在沙滩上拔河、打球，都是同学们热衷的活动。

在炎热的夏天，到海水里泡一泡，会感觉到彻骨的凉爽。若是在海里泡久了，甚至会凉得瑟瑟发抖，连嘴唇都失了血色。在海里扑腾，和海浪搏斗，令人感到过瘾却十分消耗体力，腿都是软绵绵的，只得在海浪的驱赶下踉踉跄跄地爬上海滩。

那一年，班级组织海上活动，去到一个比老虎滩还远的叫石槽的海滩，顾名思义，那是一个怪石嶙峋的山崖，山崖的下面就是大海，我们要顺着山崖的底部，走过一条弯弯曲曲的泥路，才能到达石槽海滩。

悬崖下的海边，是一个绝美的地方。

在山崖下抬头向上望去，山势高耸，怪石突兀，像是随时会滚落下来。山石上还嵌着许许多多的海蛎子壳，向人们诉说着，那山也曾是海。海水纯净清澈，轻轻地吻着脚面，又静静地离开。浪花追逐着浪花，波纹叠搭着波纹，一派美丽而神奇的自然之景。海水拍打着礁石，奏响一曲美妙不息的乐章。

观崖、看海、听涛，那儿的一切，都美得让人窒息！

石槽当时是一个很小的渔村，家家都有渔船，海滩上的海鲜很多，让人目不暇接。我们用海胆熬了一锅汤，汤里还有蚬子和海菜，主食是刚出锅的苞米面饼子。同学们都吃得淋漓酣畅，大呼过瘾。

活动结束，我们要按原路返回，但此时已经涨潮了，海水涨到了齐腰深的位置，有的地方甚至没过了头顶。于是，大家脱下衣服，举过头顶，脚在海水里试探着前行，到了水深的地方，也只好游过去。上岸后，个个都是一副狼狈不堪却笑意不减的样子。

工作后，我仍经常去海边看海。海给了我奋斗的力量，抚平了我心灵的创伤，也为我解答了许多人生之问。

如果在风和日丽的日子，坐船到海的深处，便可以感受到海的另一面，安静而深沉。彩色的海蜇在水里漂浮游荡，海鸥在天空盘旋飞翔，海腥味在空气中轻轻浮动，再难言的心绪也能在海的包容中平复下来。

但海也是有脾气的，它也有汹涌澎湃的一面，掀起的狂澜铺天盖地，可以吞噬一切，发出的怒吼惊天动地，让人望而却步。

大海，也正因这种变幻无穷而更显迷人。

迷人的海

杨二婶

　　我再次回到杨沟已是相隔半个世纪的事了，那里的一切都不是我记忆中的模样了。除了那依旧熟悉的山的轮廓外，沟里的一切都发生了变化，我仿佛到了一个陌生的地方。

　　沟里唯一的一条小河已经干涸了，河沟上架起了结实的水泥桥。建桥曾是沟里人多年来一直企盼的事。河床里只剩下大大小小的鹅卵石，见证着此处曾有湍急的水流和汹涌的水浪。那条一到雨天就泥泞不堪，一到晴天便尘土飞扬的土路，已经被平整的水泥路代替了。

　　沟里年轻力壮的中青年也不见了，仅有几个老人在房前的墙根下晒着太阳。他们眯着眼睛，惊奇地打量着我。旁边还有几个正在玩耍的孩童，孩童们都穿得利利索索、干干净净的，不再像过去那样光着屁股、淌着鼻涕满山沟嬉闹、玩耍了。

　　"你是谁？你到谁家去？"老人们询问道。

　　我一时无语，杨沟是我魂牵梦萦的地方啊，是我灵魂的故乡。我不禁想起了一首古诗："少小离家老大回，乡音无改鬓毛衰。儿童相见不相识，笑问客从何处来。"

　　过去的山沟就是个人烟稀少的地方，现在好像更萧条了。虽然家家户户都建了气派的瓦房，但似乎也少了些让人缅怀的乡野土气。门口没有了巨大的草垛，也没有了挑水的水井，没有了满街溜溜达达、哼哼唧唧的猪，也没有了喧闹的鸡鸣狗吠。

我茫然地驻足想了片刻，记忆深处的杨二婶的面庞率先在我的脑海里浮现出来。

"我去杨二婶家。"

"啊，是杨老二家里的？她已经去看山了。"

"看山？"

"死了，埋在东山上！人死了就叫看山。"

我一时惊愕得说不出话，虽然这是我曾猜想过的事，但是如今听到了这确切的消息，心里还是有一股无法抑制的酸楚涌了上来。

"你是？"一个老人问道。

"我家五十年前从这里搬走的，我叫王强。"

"啊……你是王强？是大强？"

"是，我是大强。"

"快，快到屋里坐，还没吃饭吧？到我家去吃吧？你的父母可都好？他们都是好人啊，和善得很。"

这群老人看上去也有七八十岁了，他们神态真诚，言语暖心。这就是我念念不忘、历历在目的乡音、乡情。

五十年岁月沧桑，改变了人的模样。当年，他们都还是身强力壮的青年，如今已垂垂老矣，但说起每个人的名字或绰号，依旧能唤起我脑海中的一段清晰记忆。

"不了，我自己走走。"我掏出了准备好的香烟和糖果，分给了他们。

我来到了曾经住过的房屋前，这里是杨二婶家的东厢房，当年还是破旧不堪的茅草屋，现在却是亮亮堂堂的大瓦房。

一

站在房前，关于杨二婶的一幕幕回忆在我的脑海里不断浮现。

冬天的风夹着雪，沟里漫山遍野的树木、丛林都在歇斯底里地吼叫。茅草屋里四处透风，炕也是凉的，我哆哆嗦嗦地蜷曲在土炕上，迷迷瞪瞪，似睡非睡。

寒冷的冬天，屋外一片漆黑，伸手不见五指，连负责打鸣的公鸡都在沉睡。突然，从窗缝间透进来了一点微弱的光亮，是上屋家的杨二婶起来了。接着，开门的嘎吱声、踢踢踏踏的脚步声，窸窸窣窣地传了过来。

杨二婶是沟里所有人家中最早起床的。她摸着黑先到院外的草垛里抱了一捆烧草，接着"呱呱嗒嗒"地拉起了风匣，屋顶的烟囱随之冒出了隐约可见的青白色的烟雾。拉风匣的声音时急时缓，好似催人醒来的号角。

一年到头，天天如此，杨二婶一向是最早起来的人。她要先烧上火，再捣碎水缸表面冻的一层冰，半瓢冰块半瓢水地舀进锅底还有冰碴的大锅里。

锅烧热后，她会先热上猪食。当时，猪是全家的寄托和一年的期盼，尤其是冬天，那是年猪催膘的关键时候，一天要喂五六遍，一大早就要让猪吃上热乎乎的饭食。猪食是在煮饭的锅里熬的，通常是用苞米面和地瓜蔓子做成的草糠，还要加上一点泡好的豆饼坯。

刷好锅后，杨二婶便开始熬苞米渣子粥，那是全家的早饭。那时，早饭没有干粮，也没有蔬菜，大人和小孩都喝黏稠的粥，锅里粥底的锅巴是给下地干活的人吃的。在杨二婶熬好了粥以后，全家老少便陆陆续续地起来了，他们简单抹了把脸便坐到桌前，就着腌制过的酸萝卜喝起了烫嘴的粥。

家里还养着一群鸡、鹅和鸭，杨二婶最满意的是猪崽和老母鸡，猪崽是下一年的年猪，老母鸡在过冬后能为家里下蛋，她称它们为"猪娃"和"鸡婆"。在大人们下地干活，小孩们去上学后，杨二婶喂过鸡鸭鹅，再急急忙忙地吃几口饭，便会赶到生产队去。她是生产队的饲养员，一年能挣不少工分。

"杨老二家里的，干活下力气，是沟里最能干的媳妇。她过日子有章程，是一把好手。"我经常听到沟里上年纪的人这样评价杨二婶。

杨二婶当家，家里大大小小的事情都是她来拿主意，她上有年迈的公公，下有三个儿子，后来又有了孙子，她是一家之主。

"雇人杀猪？不用。雇人杀猪要给人家一块猪肉，还送毛巾和香皂。我会杀猪！"临杀年猪时，杨二婶这样说道，那是她嫁过来的第一年。

"女人能杀猪，这杨老二家的媳妇连猪都敢杀，还收拾得利利索索的，可了不得。"

杨二婶杀猪在沟里引起了不小的风波，她得罪了专门杀猪的人，但也博得了沟里人的另眼相看。

二

月亮渐渐从东山上露出脸来，温柔的月光将山岚映得更加宏伟壮观，山上的树木在月色间影影绰绰。此时的山沟是寂静的，连禽畜们都回到了各自的窝里，静悄悄的山沟在月光的笼罩下给人以温柔的、心旷神怡的感觉。山沟里的人大部分都早早睡下了。杨二婶家在这个时候却是热闹的。

杨二婶全家正忙着把玉米粒从玉米棒子上脱下来。一个很大的笸箩放在炕上，全家人都围着笸箩用手搒玉米粒，这是一个很磨手掌的活。生产队里有脱粒机，家家都在生产队用脱粒机脱玉米粒。

"到生产队里脱玉米粒，怎么也不会脱干净，玉米棒子都打碎了，玉米粒也会被打碎，糟蹋了玉米。再说到生产队里脱玉米粒，还要花钱呢。晚上闲着也是闲着，我们自己干。"杨二婶对家人说。

在杨二婶家里，尤其是到了晚上，人人都要有活干，有脱玉米粒的，有纳鞋底的，也有纺麻绳的。除了上年纪的公公以外，其他人都要干活。杨二婶早就把每个人要干的活安排得满满当当的。在沟里，只有杨二婶家总是在不停地干活。在月色明亮的时候，她家的人晚上也要下地干活，披着月光刨玉米茬根，或到河里、井里挑水浇地。他们一家人一年到头都是忙忙碌碌、热热闹闹的。

杨二婶是一个勤劳能干的人，也是一个少言寡语的人，很少看到她愁眉苦脸的样子，但她也少有开怀大笑的时候，她总是默默无闻地埋头干活，但也有一次例外。

那是一个大雨滂沱的雨季，山上的水汇成洪流，滔滔不绝地灌进了河沟里，汹涌澎湃地漫过了土路，冲进了沟里人的院子里。湍急的河水卷走了杨二婶家的猪崽。

"我的天哪，我的猪娃有十多斤，那是一家人下一年的指望啊，这可怎么办啊！"

我第一次看见杨二婶哭，还是哭天抢地的痛哭。她坐在泥泞的地上，求家里的人到河里找猪崽，可水流太急，人是无法下到河里的。

大水冲走了杨二婶的猪崽，杨二婶接连几天都是无精打采的样子。也难怪，那猪崽一天到晚地跟在杨二婶的身后，憨态可掬的模样十分讨人喜欢，而杨二婶和它也很有感情，待它如待自己的孩子一般。

三

杨二婶没有清闲的时候，虽然她是沉默寡言的，但她的脑子却在不停地盘算着，她的双手也没有停下来的时候，总是在忙忙碌碌地干活。她是一个非常勤快的人，也是一个很坚强的人。

她当家主事，一家人一天三顿吃吃喝喝的事是十分劳心伤神的，她要计划好一年四季吃的饭菜，细化到每个季节、每天吃什么。在青黄不接的时候，一家老少的吃喝更是要计划好，不能浪费，也不能挨饿。

家里男人干的活，她也经常干，到井里去挑水、打理自留地、上山搂草捡柴，家里家外的活她都能干，并且干得有模有样，不输男人。

杨二婶的婆婆很早就去世了，公公年龄也大了，家里还有一个有精神残疾的小叔子，一家老小都在杨二婶家住着。小叔子丧失了劳动能力，整天除了吃饭就是睡觉，也是家里的一大负担。但我没有听到杨二婶说过一句抱怨的话，是她主动把孤苦无依的公公和没有劳动能力的小叔子接到家里来住的，她的善良得到了乡邻的一致称赞。

杨二婶像个铁人一样操持着这个家，杨二叔却是一个性格懦弱的人。他是生产队里负责喂大牲口的社员，他不爱说话，家里的事也很少操心。他虽不及杨二婶精明能干，但脾气很好，他家总是和和气气的，家里的人都以杨二婶为核心。生活过得有条不紊，是沟里出了名的勤快人家。

四

"咱们家都是本本分分的农民，是要种一辈子地的。你找个城里的媳妇，是不会长远的，还是找一个老老实实的农家闺女，门当户对才

杨二婶

好。"杨二婶对大儿子说道。

她家大儿子叫杨洪金，比同龄的伙伴们多念了几年书，在生产队当会计。他和城里来的一个姑娘谈起了恋爱，两个人情投意合，难舍难分。那年他还不到二十岁，那个城里姑娘也才十八岁。不过那时结婚都早，大半青年在二十岁出头的时候就定亲了。

"漂亮有什么用，能当饭吃还是能当衣穿？能上山还是能下地？"

那个城里姑娘叫姜美艳，人如其名，长得面庞白净，个子高挑，但农活却干得不怎么像样。她是城里人，没干过乡下的农活，也没有吃过苦，但她和杨洪金的感情却是真挚的、热烈的。

杨二婶千方百计地劝说着，但这一回，杨洪金却罕见地违背了杨二婶的意思。杨二婶断定他们的婚事成不了，最后放下一句："城里来的，不会过日子，说不定哪天就回城了，我是不会同意这门亲事的。"

姜美艳经常到杨二婶的家里去，帮着杨二婶干这干那。但是性格倔强的杨二婶对她总是不理不睬，还嫌美艳为人娇气，干活不利索。

两年后，杨洪金和姜美艳定亲了，还摆了酒席。但杨二婶还是不如意，她总是带着忐忑、防备的心思，对待美艳也依旧不冷不热。

再后来，姜美艳和杨洪金真的结婚了，还有了孩子。她留在了农村，却从不曾后悔。她变了，变成了一个朴实的农家妇女，继承了杨二婶吃苦耐劳的行事作风，却比杨二婶更爽朗、更活泼。多年来，她和杨洪金一起过着踏实本分的日子，从杨二婶手上接管了杨家，继续照顾着一家老小。

这番回到杨沟，我再一次见到了姜美艳。如今她已经七十多岁了，脸上布满了岁月的痕迹，却依旧不改那爱说爱笑的性格。我想，近乎完美的杨二婶竟也有"看走眼"的时候。听说，杨二婶临终前拉着姜美艳的手，久久不愿放开，眼睛里淌出了浑浊的懊悔的泪水。

　　乍暖还寒的早春，耕地已经开始化冻了，除了背阴的山坡和梯田的根部还残留着少许皑皑的白雪，大部分的土地踩上去已经变得松软许多，令人感到一阵舒畅与惬意。在春日阳光的照耀下，人们也仿佛有了精神，从冬天的梦中逐渐醒来，迎来又一个万物复苏的春天。

　　上一年的秋天，收割庄稼后地里留下了无数茬根，有苞米的、高粱的、大豆的……苞米和高粱的茬根可以烧火，在上冻之前就被人们刨回家了，家中煮饭的锅灶需要柴火，烧炕的炕洞里也需要柴火。如今，地里只剩下孤零零的大豆茬根。

　　大豆茬根又叫豆棍，经过了一个冬天，它被牢牢地冻在了地里，刨不动，也拔不出来，只有在土地化冻的时候，人们才可以把它从地里拔出来，这就叫拔豆棍。此时，被呼啸的北风吹得脆生生的豆棍是很好的柴火。豆棍由豆秆的根茎和埋在地里的根须组成，根须上长满了瘤，叫根瘤。豆棍好烧也耐烧，像松树枝一样含有油，烧起来噼里啪啦的，火苗也很旺，比一般的茅草要耐烧。

　　在开始种地前的一段时间里，到地里拔豆棍便是我必须要干的活。每天放学后，我都要先到地里去拔豆棍。

　　伙伴们都不屑去拔豆棍，他们更愿意上山搂草，因为搂草的速度快，还可以趁机在山上玩耍一番，但是搂草很大程度上要靠机遇。山上的草在冬天基本上被搂光了，早春的嫩芽顶掉了树上的老叶，山上的草不多了。我还不会灵活地使用搂草的竹耙子，也不愿意干那结果未知的活，但拔豆棍是一个稳稳当当的事，花时间便一定能有固定收获。

一个人拔豆棍是很寂寞的，要专心致志、不能停歇，要心无旁骛、手脚并用，没有闲的时候，更没有玩耍的时间。好在木讷的我喜欢一个人独处，我经常独自一人在朝阳的山坡耕地里拔豆棍。每到放学的时候，我便会提着篮子，急急忙忙地奔向有豆棍的地里，一只手拿着一块苞米面饼子啃着，另一只手拿着专门用来拍打泥土的镰刀。我心里堵着一口气，倒要比比看是他们筐里的草多，还是我拔的豆棍多。

拔豆棍是一项需要耐力的活。开始的时候，我保持弯腰的姿势，顺着垄沟边拔边拍打掉豆棍上的泥土，不时向前挪动着脚步，将豆棍堆到一起。过一会儿感到疲累了，我就蹲在地上向前挪着，再过一会儿，腰酸腿疼到无法容忍的时候，我便干脆跪在地上，用膝盖支撑着身体，继续向前挪动。时间长了，站起来的时候还会感到头晕目眩。

拔豆棍的时候，最累的是手，两三根豆秆握在手里，需要用很大的力气才能将其从地里拔出来，开始的时候是一把一把地拽，后来只能几根几根地拔。手常被磨得破了皮，甚至被磨出了血泡。

在干旱的春天，拔豆棍和拍打豆棍时尘土像冒烟一样飞扬起来，通过袖口和衣领钻进衣服里，弄得浑身都痒痒的。汗水顺着我的脸颊流了下来，我只好用沾满泥土的手在淌着汗水的脸上抹来抹去，没一会儿，脸上就黑一道白一道的，像只小花猫。

有的时候，土地还没有完全化冻，豆棍是很难拔出来的，泥土更是很难从豆棍的根须上拍打下来，需要花费更大的力气。豆棍装进篮子里，背起来沉甸甸的，因为上面还有没拍打掉的泥土，比在山上搂草时要沉许多，令人有一种丰收的愉悦。

回家的路上，我听见有大人说："大强是城里来的，干活却挺踏实，肯下力气。"心里也像装了豆棍的篮子一般，变得沉甸甸的。

拔豆棍

饭
盒

一

不管是在春意盎然的春天，在烈日炎炎的夏日、落叶满地的秋季，
还是在数九严寒的冬晨，城市的道路上都有一道由赶着去上班的人们组
成的靓丽的风景线。骑自行车去上班的人们把马路挤得满满当当，自行
车的铃声此起彼伏、不绝于耳，如一条洪流奔涌向前，勾画了城市早晨
的风景。

大部分人自行车的前把或后座上还会挂着一个黄色帆布包或黑色
人造革提包，包大多是用工厂发的劳保护具交换来的，没有人会舍得花
钱去买一个真皮的手提包。而绝大部分包里都装着饭盒，饭盒通常是铝
制的，是用碾轧的熟铝或是铸造的生铝制成。包里大大小小、高高矮矮
的饭盒形状各异，有的饭盒还是分层的，可以把饭和菜分开来，像《红
灯记》里李玉和提的那种，这是比较高级的。

"拿饭盒上班的"在当时是一种褒义的称呼，能拿饭盒上班就意味
着有基本的生活保障，能养家糊口，还能学到技术。

饭盒是那个年代的上班族必须要带的，也是人们生活地位的象征，

从饭盒里装的食物就可以看出每个家庭的生活水平，而从饭盒的外表也可以看出每个家庭的干净程度。中午吃饭的时候，大家都聚在一起，打开饭盒的盖子，每个饭盒里的食物都要经过众人目光的检验。大家啧啧地评论一番，或赞赏，或不屑。有的饭菜好像是对不起大家的眼球，连饭盒的主人都没有了吃饭、说话的底气。

聚在一起吃饭，可以增加人们的食欲。饭盒里的菜，如果有好一点的，那基本上就是大家共享的。人人都不会客气，也不会不好意思，毫不犹豫地把自己的筷子伸到别人的饭盒里，这是一种亲近的表示，还是一种信任的体现，大家都对此心照不宣。

中午吃饭也就成了一项能改善关系、化解矛盾的社交活动，无论是车间和职工的矛盾、干部和工人的矛盾，还是工人相互之间的零零散散的不快和摩擦，大多会在你来我往的吃饭中消解。饭盒的乾坤大，筷子的情谊长。吃谁的菜，或主动把自己的饭菜送给谁吃，都是有含义的，也是一个化干戈为玉帛非常恰当的时机和非常得体的方式。

大部分人都是依靠工资生活的工薪阶层，挣着三十几元的工资，也都有养家糊口的负担，每家的生活水平也大体相当，中午带的饭菜也差不太多，大多是苞米面的饼子和炖菜及少许的咸菜。那种低水平的"公平"，令众人感到心安理得，习以为常。偶尔有人带鱼带肉，也是要分给大家吃的，每人都要伸一筷子，也都要称赞几句。

工人们来上班时会把各自的饭盒装在一个大铝箱里，有专门的人把箱子推到厂里蒸饭的地方，其实就是工厂里烧热水的锅炉房，可以将饭盒中的饭菜用蒸汽加热。因此，有的师傅会直接带生的食物来蒸熟了吃，比如生的大米，蒸的时候让人在饭盒里加上水，中午便蒸成了新鲜的大米饭。

拿饭盒的人都很在意自己的午饭，那是工作一上午的企盼，中午吃饭也是一个愉悦的时刻。大家工作了一上午，都饥肠辘辘的，午休铃声响起的时候，大家便不约而同地奔向那装饭盒的箱子。箱子里饭香四溢，吸引着饥饿的人们。吃饭的时候，彼此投机、要好的七八个人聚在一起。有的人吃饭狼吞虎咽，有的人吃饭细嚼慢咽，百态吃相，百态人生，在车间里也成了一道风景。

在车间的工作场地吃饭，感受颇有不同。那是一个到处沾满油污的场所，坐在油污的板凳上，饭盒放在满是油污的桌子上，空气中充斥着雾化了的切削油和铁屑带来的油烟和粉尘。但是无人在意这些，大家的注意力都在饭盒里，吃得有滋有味，聊得轻松惬意，那油烟味与饭菜香混合起来，组成了一股浓浓的俗世烟火气。

二

我刚到车间的时候，很不习惯在满是油污的场合吃饭，也不习惯大家你抢我夺、不分你我的吃饭方式。那时，我家里尚没有带饭的条件和习惯，我刚出校门，在车间还是见习技术员，也就相当于一个学徒工，工资很低，囊中差涩，所以我的午饭也不太拿得出手。那些车间师傅们，给了我很大的关照，见我扭扭捏捏的放不开，他们便主动把各种各样的菜夹到我的饭盒里。那些令人感动的饭菜，给我留下了很深的印象。

有段时间，我羞于总吃师傅们的菜，索性就不带饭盒了，但是我也吃不起食堂，更下不起馆子，便到一个很小的便利店去喝牛杂汤。一碗杂七杂八的牛杂汤，搭配一个苞米面饼子或一碗米饭，经济又实惠，我吃了很长时间。便利店就开在工厂的大门口，每到中午，那里总是熙熙攘攘的。油腻腻的碗和勺子，脏兮兮的桌子和板凳，还有那像刷锅水一样的牛杂汤，我竟也吃得有滋有味的。

"和工人师傅们一起吃饭，能了解很多车间里的情况，也能和工人师傅们增进感情，有利于你开展工作。"车间的老主任杨师傅对我这样说道。那时，我刚当上车间干部。

"小小的饭盒，学问可大了。从饭盒里可以了解很多事情，可以了解每个工人的家庭情况，中午和工人一起吃饭也是工作的一项。"杨主任又说道。

于是，我又开始带饭盒上班了。虽然还是普通的饭菜，但和师傅们一起吃的过程中，能知道每个工人的喜怒哀乐，能了解工人的所欲所求，能知道他们的想法和对车间工作的看法。从家里的大事小情到工厂车间的八卦消息，再到社会上的事，林林总总、五花八门，都是吃盒饭的时候大家谈论的话题。有的人讲得滔滔不绝，有的人争得面红耳赤，有的人善于交谈，有的人沉默寡言，都在这短暂的午饭时间展露无遗。

我经常在午饭前买一袋蒜蓉辣酱，那是大家都喜欢吃的，很便宜，也很下饭。我买了很长时间，每天一袋，车间的大部分人都吃过我的蒜蓉辣酱，我和大家的关系也在你夹我尝中不知不觉地拉近了。

三

工人出身的车间主任杨师傅对我有培养之恩，他是一个工作认真、兢兢业业的人，也是一个很要强的人，还是一个处事公道、有威信的人。但是他家里的生活很困难，他的妻子没有工作，卧病在床，家里还有两个尚未长大的孩子。

他自是没有经济能力去吃食堂或是下馆子的，甚至连廉价的牛杂汤，他也舍不得喝。他的饭盒里经常只有两个干巴巴的火烧，他在吃饭的时候总是躲躲闪闪地远离大家，但师傅们都争先恐后地往他的饭盒里夹菜，也经常和他换着吃，这成了大家的习惯。不少人都劝他要改善自己的伙食，要照顾好自己的身体。

"没关系，看我的身体棒棒的，什么病都没有，像个小伙子一样。"他经常拍着胸脯说。大家都了解他家的困难，心疼他的辛苦。

人是铁，饭是钢，杨主任的身体终究还是出了问题。他从不抽烟，也不喝酒，但烟酒不沾的他却患上了肺癌，知情者都选择对他隐瞒病情。后来，他病重到不能上班了，我便经常到家里去探望他。

"没事，我是小毛病，看我的身体棒棒的。"他还是拍着胸脯对我说，但这次没拍两下就气喘吁吁，一副有气无力的样子。

我去他家的时候，看到饭桌上仍堆着火烧，是那种用全麦粉烙的火烧，没有其他的菜。只剩那个饭盒还空空地放在桌子上。杨师傅节省了一辈子，那个饭盒他用了很多年都没换。一个缺少油水滋润的饭盒，一个干瘪委屈的饭盒，见证了杨师傅的艰辛生活。

杨师傅后来总是不停地咳嗽，在床上佝偻着背，病痛折磨得他直不起腰来。直到咽气的时候，他的腰才终于直起来，可以平躺在家里的床上。

"看他那饭盒装的饭，身体怎么能不垮。"

"人是铁，饭是钢啊，吃不好是不行的。"

杨师傅走后，车间里很多人都如此叹息道。

我每每想起杨师傅，仍会想起他的饭盒，想起那装在饭盒里的两个干瘪的火烧。

四

饭盒有大有小，有条件的人会拿两个饭盒，大的饭盒装主食，小的装菜，那样饭是饭，菜是菜，吃起来有滋有味又很讲究。但大部分人都是拿一个饭盒，饭和菜混装在一起，用一个很大的勺子舀起混在一起的饭菜，也别有一番滋味。

女人们拿的饭盒通常要小一些，饭盒的表面也是干干净净的。饭盒也是一个人的脸面，是大家都很在意的事情。男人们的饭盒则相对比较大，尤其是那些青壮年的饭盒，还有那些干体力活的人，他们的饭量是很大的。

人们饭盒里的食物五花八门，很多人会用饭盒的干净程度和饭盒里的菜色来评价这家的女主人，这是一个很有说服力也很显眼的依据。工厂里的男师傅多，拿饭盒的多，故事也多。

"你家的老婆心里根本没把你当回事，看你饭盒里那吃的，稀里糊涂，邋邋遢遢，看起来就没有食欲。你在家里根本没有地位，你老婆肯定是一个拖拖拉拉的人。"

"你家里的对你不错，你饭盒里的饭菜都是一流的，做得也是像模像样，你家里的肯定是个利索人。"

小小的饭盒是家庭生活的缩影，也是家里主妇们的脸面和能否操持家的象征。

中午吃饭的时候，无论菜的好坏，有些好喝酒的人总是偷偷摸摸地喝两口。喝酒的人都会在兜里揣着一个小酒瓶子，瓶子里能装二两烧酒。当上车间主任后，我就成了那些酒徒们要躲避的对象。他们常端着饭盒去一个僻静的地方偷偷地吃饭，偷偷地喝酒。

"你又喝酒了？酒后工作是很危险的，你不要命了？"我气愤地对经常偷着喝两口的人说。

喝酒的人则会嬉皮笑脸地说："没，没喝。"

"那你嘴里的酒味是哪来的？"

"那是我喝的药酒，我腰不好。"他们经常如此搪塞我。

"喝两口，下午干活才有精神，否则浑身没有劲儿啊。"也有酒鬼这样对我说。

这是我很头疼的事，喝酒的人大多是年龄较大的老师傅。

人人都关注饭盒里的菜，大部分人还习惯在饭盒里带同一种菜，人们就会用他经常吃的菜来给他起外号，比如"萝卜干""酸菜""白菜帮子"，还有"地瓜干"，等等，令人哭笑不得。

临过年的时候，大家饭盒里的食物明显丰盛了起来，主食大部分是馒头、米饭等细粮，菜也是五花八门的，很丰盛，有熏鲅鱼、炸丸子等过年才能吃到的食物。中午吃饭的时候，气氛也高涨了许多，大家你来我往的都很有底气，连说话的声调都高了许多，互相谦让的话语也多了起来。

有些师傅还会趁着中午打扑克，那是车间工作中少有的娱乐项目。有的人为了多玩两把，甚至会端着饭盒边吃边玩，扑克上有时还沾着饭粒和菜渣。输了的人垂头丧气，互相埋怨，赢了的人兴高采烈，食欲大增。

五

在工厂，师徒关系是很重要的，有的师徒关系好，就像是一家人一样。

师徒往往会一起吃午饭。有的师傅心疼徒弟，往往会把自己的饭菜让给徒弟吃，徒弟年纪小，饭量大，刚参加工作也都不富裕。很多徒弟也会把中午带的饭菜当成孝敬师傅的一种方式，大多是家庭条件比较好的徒弟，师傅也欣然接受，就像一家人一样，不必客气。"一日为师，终身为父"，在你来我往的饭菜间体现得淋漓尽致。

饭盒还是青年人谈恋爱的媒介。那时，青年人谈恋爱还没有现在这么开放，人们都是羞涩的、扭捏的。有的女孩子心系恋人，早晨送饭前会偷偷地把自己饭盒里的菜拨到恋人的饭盒里，那都是她精心准备的好菜。但车间有几百号人，终究会被人发现。一经发现，便会收获众人善意的调笑。

工厂的维修车间或是冲压车间都是非常凌乱的场地，到处是震耳欲聋的声响，到处是杂乱堆放的钢铁，一片狼藉，不过，那儿的纪律也相对松散。

工人们做了很小的铁炉子，每到中午吃饭的时候，他们便会烧起炉子，几个人搭伙做饭吃。几个饭盒支在炉子上，便成了烧菜的锅，白菜、萝卜、粉条、豆腐，还有少许的猪肉，在饭盒里"咕嘟咕嘟"地冒着热气。在飘着雪花的冬天，人们围着烧得发红的炉子，吃着热乎乎的连汤带水的炖菜，那是一种另类的、惬意的享受。饭盒的底部和外表被烟熏成了黑色，但这也是有资格的工人的象征。

沿海城市，夏天总会组织海上活动，大家也都带着饭，不过饭和菜的质量比平常好了许多。饭盒用来装啤酒，菜放在饭盒盖上，十几个饭盒盖摆在一起，大家吃吃喝喝，有说有笑，热闹非常。

小小的饭盒，承载着过去几代人的回忆。

幼时的记忆

我小的时候是个邋邋遢遢、埋里埋汰的孩子，总是一副愚笨、木讷的样子。在我的记忆里，大人们对着我经常是爱怜和逗弄的表情。我记得，二舅妈就经常嘲笑我把袜子穿反了。的确，那时我穿鞋不分左右，穿袜子不分反正，我还经常提不上裤子，鼻子不断抽抽搭搭地流着总是擦不干净的鼻涕……总之，我不是那种机灵乖巧、干净利索的孩子，何况我的长相是肥嘟嘟、黑黢黢的，看上去确有几分逗趣。

一

"丢手绢，丢手绢。轻轻地放在小朋友的后面，大家不要告诉他。快点快点抓住他，快点快点抓住他。"

那是我四岁左右的时候，幼儿园的老师带着孩子们玩"丢手绢"的游戏。大家围坐成一圈，一个小朋友拿着手绢在大家的背后转圈跑，再把手绢偷偷地放在某一个小朋友的身后，如果这个小朋友没有发现手绢，跑的小朋友跑了一圈后，就可以抓住背后有手绢的小朋友，让他到圈子里表演一个节目。如果小朋友发现了自己背后有手绢，就可以拿起手绢跑去抓放手绢的小朋友。小朋友们都希望自己能拿到手绢，抓到别的小朋友表演节目，在大家面前表现自己往往会得到老师的表扬。

那次，游戏进行中，突然我发现小朋友们的眼睛都紧盯着我，我的手伸向身后摸到了背后的手绢，我却呆呆地坐在地上，不知道该怎么办。我很打怵在众目睽睽之下抛头露面，也不懂得那些游戏的规则，一副呆若木鸡的样子坐在地上。

后来，被迫表演节目时的窘态我已经忘记了，但想也知道肯定是令阿姨们无可奈何，让小朋友们哄堂大笑的场面。

还有一事发生在过年期间。过年了，到处热热闹闹的，大人们喜气洋洋的，对我们也和颜悦色的，过年是所有人期盼的。父亲给我和弟弟买了一挂小小的鞭炮，那时这样一挂鞭炮是一角二分钱，用红色的蜡纸包着，父亲还买了点火用的香，让我和弟弟两个人一起玩。我们就坐在地板上拆那挂连在一起的鞭炮，准备拆开了再均分。那时的鞭炮是舍不得成挂放的，要拆散了一个一个地放，或者是把鞭炮从中间折弯了放。

"这样拆散开多费事啊？"我问。

"是啊，要不用剪子剪开？"弟弟说。

我不怎么灵光的脑袋突然灵光一现。"这不是有点着的香吗？从中间烧断不就可以了？"说着，我把香火触到了连接着鞭炮的细细的麻绳上。瞬间，被点燃的鞭炮噼里啪啦地响了一通，屋里顿时被烟雾笼罩了，纸屑飞得到处都是，呛人的火药味弥漫开来，通红的地板被烟火燎成了黑色。

我和弟弟都吓得哭了起来，好在父母没有为此而发火。如今想来，却忍不住发笑，竟想用香火烧断鞭炮之间连接的麻绳。

那时，我大部分时间都在姥姥家，母亲下班后会接我和弟弟回家，离我家最近的电车站叫"三八广场站"，只有八路电车能到。下车后，再走一段路，才能到家，母亲的左右手都要伸出来，一手牵着我一手牵着弟弟，走向杏林街八十六号。我们的小小的手，紧紧地握着母亲的食指和中指，跟跟跄跄地跟着母亲。母亲经常会边走边询问我们一天的经历，有时到了家门口却故意不进门。

"到了，到家了。"比我还小两岁的弟弟大声地说，而已经五岁的我却懵懵懂懂的。那一片小楼从外表看都差不多，我根本不认识家。母亲便会笑我不如弟弟聪明。

直到后来，我仍没有东南西北的概念，经常迷路。

"这孩子太犟，他们哥俩一起惹了祸，我拿扫帚疙瘩吓唬他们，那小的早就嬉皮笑脸地跑了，大的却不动弹，干等着挨打。他还涨红着脸，梗着脖子，不哭不说，我能不打他？他挨了打，我还生气呢。"姥姥经常对我的母亲这样说。

"真是个'犟种'，也不合群，小孩子们都玩得热热闹闹的，他一个人趴在后院的小屋里，看那些乱七八糟的小人书，一看就是大半天。他才认识几个字呀，就懂得看书啦？可别把脑子累坏了呀。"姥姥还经常对别人如此说起我。

"这孩子虽然是又闷又犟，但是他心里有数，有内秀。虽然现在看笨笨的，但将来会有出息的。"有的时候，姥姥也会这样说起我。

姥姥家是个人口众多的大家庭，姥爷是一个沉默少言的人，从不管闲事。姥姥则是一个能说会道的人，操持着家里大大小小的事情，在家里说一不二。我的六个舅舅都很出色，也各有特点，大舅是一个很有学问的人，是学校的校长；二舅是一个挺浪漫的人；三舅是一个好奇心挺重的人；四舅是一个搞笑的人；五舅是一个默默干活的人；六舅是一个聪明的人。在我还幼小的时候，他们都是我潜移默化的老师，对我的童年有着很大的影响。

二舅很有文艺细胞，会吹笛子，姥姥家的后院总会响起他吹奏的那首《我为祖国献石油》："锦绣河山美如画，祖国建设跨骏马。我当个石油工人多荣耀，头带铝盔走天涯……"二舅不但会吹笛子，会唱很多的歌，他还好看书，我经常缠着他要他给我讲故事，他抗不住我的哀求，便会给我读书。我记得，他经常读的书是《水浒传》，他读得很快，我听得囫囵，那是我第一次接触到小说。

有一次，在舅舅的房间里，我手舞足蹈地玩耍着，不慎用笛子碰碎了吊在半空的电灯泡。那时的灯泡两角钱一个，价格不菲。我一时慌得不行，趁舅舅快下班时我躲了起来。但最后舅舅们没有打我，也没有呵斥我。

那时，我还要负责送弟弟去幼儿园，一般是在星期一的早上，母亲为弟弟办了托管，他要在幼儿园里待一个星期才能回家。他在兜里揣了很多纸，要带到幼儿园去叠纸牌玩，这是幼儿园不容许的。母亲发现后没收了他揣在兜里的纸，弟弟便哭哭啼啼的。我只好边哄着弟弟边偷偷地把自己兜里的纸塞给他。每一次送弟弟去幼儿园，都挺费劲的，果然小孩子都不喜欢去幼儿园吧。

二

三舅养了一大群鸽子，养得很精细。鸽子的叫声非常好听，在天空中翱翔的身姿也非常好看。三舅经常带我去看他放鸽子，他拿着一根很长的竹竿，竹竿一头绑着红色布条，引逗鸽子在天空中转圈飞翔。鸽子会飞得很高、很远，但三舅从不担心，他在鸽子窝上挂了许多小红旗，那是为鸽子引领方向的，好让鸽子能找到家。不过，有时也有鸽子会放丢了，三舅便会沮丧和懊悔；有时也会招来别人家的鸽子，三舅便会欢喜不已。

三舅是个对什么事情都好奇的人，他还喜欢钓鱼。他买了一辆"白山"牌自行车，是自己偷偷攒钱买下的。姥姥知晓后，只说："老三的工厂离家远，干活也累，老三不容易，买就买了吧。"

三舅经常带我去星海公园的海边钓鱼，他骑着自行车，我坐在自行车的后座上，那是一段悠闲又快乐的时光。三舅经常在路上买一斤饼干当午饭，那饼干七角钱一斤，他却舍不得吃，全都给我吃了。

其实，三舅钓鱼的水平不怎么行，每次钓鱼都无功而返，白白浪费了一整天时间，但他却钓得津津有味。

姥姥家人口多，舅舅们晚上就睡在姥姥家后院盖的小屋里。在寒冷的冬天，我就轮换着和舅舅们挤在一个被窝里睡觉。木板打的铺都很窄，睡觉也挤挤凑凑的，我睡觉又不老实，因此舅舅们都不愿意带我一起睡，我大多时候是和三舅睡一个被窝的，他很少嫌弃我。

"你白天要好好听大人的话，要打扫屋里的卫生，不能光知道玩。"临睡觉前三舅经常这样对我说。

"好，好。我明天就干。"因为感激三舅让我睡在他的被窝里，所以他说的话，我都满口答应。

"虽然不用像百货公司那样干净，但也要把屋里收拾得利利索索的，明天我要看你的成果。"

"一定，一定。"我闭着眼睛，信口许诺。

到了第二天晚上，三舅在屋里看了一圈后，总会不满意地说："看来你是答应得很好，就是不干呢，这叫口是心非。"

后来，三舅患了癌症，是我的六个舅舅中第一个去世的。母亲为此难过了好一阵。

四舅是一个喜欢逗趣的人，他是一个开吊车的建筑工人，被单位派到陕西省宝鸡市支援"大三线"建设，为此吃了很多苦。

"我的大外甥，可想死我了。"四舅每次回家探亲，都会抱着我的头，在我的脸上咬一口，落下一个大大的牙印。我被吓得哭了起来，全家人则被逗得哈哈大笑。

"不要哭，那是你四舅喜欢你呢。"母亲一边笑一边这样哄着我。

四舅是一个感情丰富的人，开朗外向，十分有趣。他还是一个很心细的人，他也喜欢钓鱼，还会做饭，家里家外都是一把好手。

五舅在单位是劳动模范，他勤勤恳恳地干活，获得了很多的荣誉称号，一直受到单位的表彰。五舅心眼好，为人厚道，一天到晚就知道闷头干活，在家里很少说话。姥姥家里的活他干得最多，例如打理后院的菜地，到煤场去买煤，去市场买菜，都是他的活，他对此从无怨言，就好像这些是天经地义的。

五舅也是舅舅中最节省的，他在海港的黑嘴子码头上班，是一个开叉车的工人。他上班很早，下班很晚，姥姥每天给他两角钱，让他在上班的路上买早点吃。但五舅舍不得花钱吃早饭，把钱都攒了起来，空着肚子干活。后来，他也给自己买了辆自行车，他的自行车保养得很好，永远都是铮明瓦亮、干干净净的，骑起来也没有稀里哗啦的声响。

六舅是一个很机灵也很讲究面子的人，那时他经常出去逛街，买好吃的东西，我便也经常缠着他，要他带我出门。

"看你那个小脏样，去把你的脸洗干净了。你穿的棉袄也太脏了，把棉袄的里面反过来穿，我才领你出去。"六舅是一个很讲究面子的人，他领的小孩出门是不能给他丢脸的，姥姥家的小孩子有很多，他都是挑漂亮、干净的带出门，还必须是规规矩矩、很听话的。

在我看来，姥姥全家都是宠惯六舅的，但家里的活六舅也会干，他会把家收拾得干干净净的。

有一次，姥姥不在家，六舅说："今天中午是我说了算，你们想吃什么饭？我给你们做。"

"我想吃过年时炸的那种地瓜条。"我兴高采烈地说。

"啊？那太费油了。姥姥回来会不乐意的。"六舅说。

"六司令，不是你说了算吗？"我们经常管六舅叫"六司令"，他也会欣然答应。六舅比我大不了多少，我们经常没大没小地在一起耍闹，他当然是我们的头领。

六舅无奈地炒了一锅很省油的地瓜条，还炒煳了锅底。

"使劲吃，都吃光了，别叫你姥姥回来看见。"六舅嘱咐道。

我的肚皮都撑了起来，炒地瓜条很好吃，但也很胀肚。那时，姥姥家的粮食不够吃，家里有一帮舅舅，都处于能吃饭的年龄，因此姥姥做饭是很节省的，油、粮食、地瓜和土豆都要计划着吃。

母亲经常叫六舅到我们家里来帮忙洗衣服，那时没有洗衣机，洗衣服都是用洗衣板搓，是一个很费力气的活。

"我的天啊，怎么这么一大堆衣服呢？"六舅经常会唉声叹气地说。但六舅是不吃亏的，母亲常给他做好吃的，临走时还会塞几角钱给他，六舅都是扭扭捏捏、半推半就地拿走了。

那时，我很少回自己的家里，也不愿意回家，总希望待在姥姥家。在姥姥家可以无拘无束、自由自在地玩耍。而在自己家，母亲经常让我擦地板，父亲也常让我一大早就起床生炉子，我干得不情不愿。

每天早上生炉子，要先把已经烧灭了的炉灰掏出来，还要特别注

路弯弯

意，不能弄得满屋都是灰尘，然后往炉子里加上团得皱皱巴巴的纸张和木块，最后加上已经砸成碎块的煤坯。点着了炉子，家里会逐渐地暖和起来。完成后，往往就能得到父母的夸奖，我扬着满是煤灰的脸，心里美滋滋的。

总之，在自己家会受到父母的严格管束，在姥姥家却像是放飞的鸽子，自由自在。因此我总是盼望天气不好，赶上下雨或下雪，这样就可以待在姥姥家，不用回自己家了。

三

我五岁多的时候，因为父母工作忙，被暂时送去了农村的奶奶家。奶奶家在大沙河边上，那里现在是个有名的温泉胜地。那里有许多温泉，在寒冷的冬天，我经常去泡露天温泉，池子里暖和又舒服。我每次都要泡很长时间，直泡得浑身发白，手脚都皱皱巴巴的。

村里的小孩子冬天仅穿一件空心的棉袄和棉裤，棉裤用一条带子扎在腰间，脚上穿黄色胶鞋，很少有人穿袜子，棉裤里也没有衬裤。

"小孩身上有三把火，冻一冻长得结实。"村里的大人们经常这样说。

农村蛇多，常有人家翻盖屋顶的时候发现蛇，大多还是一雄一雌两条蛇。乡下的小孩都不怕蛇，会直接伸手，将蛇抓在手里。大人们则赶紧让孩子们放于，说："蛇是镇宅的，还能抓耗子吃，不能伤害蛇。"

"成野孩子了，漫山遍野地玩，不是上山就是下河，送到学校去念书吧，至少还有人看着点。"大爷说。

"他太小了，才六岁呀，会跟不上的。"大妈说。

"有老师看着点，省得到处乱跑，跟不上就重新念，反正他年龄小。

幼时的记忆

在家里太让我操心。他比他哥差远了，闷头闷脑的尽惹祸。他胆子还大，一个人上山，一个人到河套里玩，没有他不敢去的地方。他的心都跑野了，该管管了。"奶奶说。

就这样，我在六岁那年就上学了。学校建在王屯，班里的同学都比我大，那时村里的孩子大多十岁才上学。跑惯了山坡的孩子们不习惯被人管束，上课的时候都是一副坐立不安、抓耳挠腮的样子。课间休息的时候，也经常打打闹闹，不肯消停。

我的书本也皱皱巴巴的，书页都打起了卷，铅笔盒也空空荡荡的，学习用具都被我玩丢了，铅笔、橡皮擦，还有削铅笔的小刀，都会被我弄得不知所踪。

我的堂哥很聪明，他只比我大三岁，却和我完全不同，一副干净利索的样子。他在学校里是很优秀的学生，小小年纪便当上了少先队队长。每天做广播体操时，他都扛着少先队的队旗，走在队伍的最前面。因此，他很得奶奶的宠爱。我经常跟着他玩耍，走路时他总是走在我的前面，腰里别着一把纸叠的手枪，我跟在他的后面，拿着木棍当长枪。但是，我们从不和同伴打架，大爷对我们的管教是很严格的。

堂哥心灵手巧，会做滑冰的冰车。冬天，我们经常拖着冰车，到大沙河或水田里滑冰。堂哥还会用很粗的铁丝围成一个直径一米左右的圆环，再用一根铁丝弯成钩子，用钩子推着铁环在坑坑洼洼的泥路上奔跑。铁环在他的手下十分听话，可快可慢，还会发出"哗哗"的声响。

那时还有一种游戏，先把泥捏成碗的形状，底部要捏得很薄、很平，再用力地倒扣着摔在平地上，发出很大的声响。伙伴们经常比赛谁的泥凹做得大，谁的摔得响。类似的游戏还有摔纸牌，将叠好的纸牌放在地上又拍又摔，直到弄翻对方的纸牌，就算赢了。

除此之外，到河里或稻田里抓鱼也是一个很有乐趣的事情。抓鱼这事不分季节，冬天也可以抓，先在冰上凿一个窟窿，把带鱼食的罐头瓶子放到窟窿里，鱼食通常是苞米面饼子，当然是从家里偷着拿的。等上一会儿，有的鱼就会钻到瓶子里，不过都是很小的鱼。

河里的鱼是很难抓到的，靠近河边的地方通常有鱼窝，就是鱼栖息的地方，大多在靠近河岸的水草丛里。在河里抓鱼也是有危险的，河水里有吸血的蚂蟥，还有又滑又长的水蛇。如果被蚂蟥叮了，是不能用手去拽的，越拽蚂蟥就会越往身体里钻，要用手使劲地拍打被咬的皮肤四周，蚂蟥的嘴才会慢慢退出来。我见过吸完血的红色蚂蟥，它的身体软绵绵的，头又小又尖，模样很是瘆人，幸好我没有被它咬过。

在稻田里抓鱼就要容易多了，稻田里的水很浅，面积也不大。不过，稻田鱼的个头也比河鱼要小。

其实，那时的农村生活是远不如城市的，但在我的记忆中，那段日子却是开心畅快的。大抵对于小孩子来说，山野里的快乐总是无穷无尽的。

天津街

岁月忽已晚，一晃半个多世纪便过去了，如今的天津街令人目不暇接、眼花缭乱，我站在街心，呆愣半晌，只觉得一阵失落与恍惚。我再也找不到当年的感觉，那种如同踩在厚实的土地上一般令人安心的感觉。那条逝去的天津街承载着我童年的记忆，任时光洪流如何汹涌，也无法将它冲刷。

那段时间我不用去上学，每天都待在家里。父母每天天还没亮便出门上班，天黑了才会回到家里。他们再三地叮嘱我要待在家里不能出门，有时甚至还会把我锁在家里。

我闷在家中无事可做，幼小的我甚至觉得自己像是被囚禁在了牢笼里。我经常趴在窗台上，看街上的光景和来往的人们，时间久了，仍觉得无聊透顶。

在那个年代，外边总是热热闹闹的；在那个年龄，我总是闲不住的。

有时，我也会趁着父母不在家，偷着跑出家门，到街上去。家附近的大街小巷都留下了我小小的足迹，后来我做这事越发熟练，离家的距离也越来越远，我经常去的地方就是天津街。

天津街是大连闻名遐迩的地方，是一个热闹繁华的去处。那时街上的人比起现在少很多，也没有如今这些琳琅满目的招牌。去"大连驿"、去"埃里"，都是去天津街的意思，这是大连的方言，老一辈人都懂。

我喜欢独自一人出门，自由自在地在天津街逛着、瞧着，可以不停歇地逛上整整一个白天，才意犹未尽地回到家里。天津街的角角落落都印在我的脑海里。

天津街的道路两旁有一百多家大大小小的商铺，最大的是一座很高的楼房，最小的则是胡同里的一间简易小屋。街上吃的、穿的、用的数不胜数，那里的每一家商铺，都有我留下的足迹，也有我童年的珍贵回忆。

琳琅满目的商品吸引着我，神态各异的人们吸引着我，讨价还价的叫卖声也吸引着我，年幼的我对街上的一切都感到新鲜和好奇。

从我家到天津街要经过民寿市场，民寿市场是一个卖副食的大型市场，在当地很有名气。从民寿市场出来，要穿过人民路。人民路是大连的第一条大马路，当时又叫斯大林路。过了人民路，便进入了天津街。

天津街是一条贯穿南北的街道，弯弯曲曲的，一头连着大连火车站，距火车站仅有二百米的距离，另一头连着海港，距大连港也仅有三百米远。一踏上天津街，映入眼帘的便是大大小小的商铺和熙熙攘攘的人流。

逛天津街就要先去修竹市场，这是一个很热闹的卖杂货和食品的地方，里面还有一个很大的寄卖商店，相当于当铺。修竹市场永远是嘈杂喧闹的，杂乱的物品有时甚至会堆在街面上。旧的衣物、旧的家具，旧物种类齐全，充满了生活气息。修竹市场是个经济实惠的地方，富裕的或贫穷的人家都可以在这里找到自己需要的物品。

母亲经常差我去修竹市场买便宜的鸡蛋，那些鸡蛋的价格很低，又叫贴皮鸡蛋，就是鸡蛋的清贴在鸡蛋的内壳上，鸡蛋的外表总会有黑点，但价格是普通鸡蛋的一半。

狭小的胡同里，买鸡蛋的人从一个不起眼的小商店门口开始，排了长长的队伍。这条小胡同里有许多卖副食品的小商店，皆以价格低廉而闻名，老大连人都知道。

胡同口是卖豆腐的，敲梆子的声音不绝于耳，那时的豆腐是定量供应的，要凭副食券购买。这里的豆腐价格也很便宜，是用豆饼坯做的，样子粗糙，泛着黑黄色，却也别有一番滋味。

寄卖商店是修竹市场的特别所在，里面有买的，也有卖的，物品种类五花八门，但都是旧的，有点像国外的跳蚤市场。买卖的吆喝声、讨价还价声，吸引了许多人。在那儿可以买到很多实用的东西，关键是价格还很低廉。

后来，我家临搬到乡下前，父亲曾在那儿买了很多的物品，有各种各样的农具、木匠工具，还有可以御寒的旧棉衣和大头棉鞋。但父亲也是凭着他的想象来购买物品，实际到了农村后，他买的东西都被搁置了，没法使用。只有他在那儿买的手电筒，还算是实用。

修竹市场里，有一个很闻名的饭馆，名字我忘了，但我记得那是个老字号的饺子馆，大厨叫穆传仁，是大连的知名厨师。据说他拌饺子馅用的是家传秘方，从不外传，号称天下第一饺。

父亲曾经带着我去吃过一次，饺子馆里人满为患，拥挤不堪，要排很长的队伍，还要提前买票。那时买饺子不但要钱，还得要粮票。排了两个多小时的队，才从窗口取出那盘热气腾腾的饺子。那是我有记忆以来吃过的最好吃的饺子，味道鲜美至极，咬上一口，滚烫的汤汁便率先流了出来，鲜嫩滋味瞬间征服了全部味蕾，实在妙不可言。

现在的生活条件好了，下馆子对于人们来说也只是平常事了，可我却再也寻不到当年那盘饺子的滋味了。

出了修竹市场，便是大连市妇女儿童商店。这是一个卖高档服装的地方，我对那些服装不感兴趣，每每路过这个很大且很豪华的商店时，我总是步履匆匆。

毗邻妇女儿童商店的东方旅馆，是一家高级宾馆。七层高楼在当时是少见的高层建筑，很是气派。

临近东方旅馆不远，便是久负盛名的中山广场。中山广场是一个四通八达的广场，有不同风格的各国建筑，还是大连的金融中心。

再往前走，便是闻名的天津街百货大楼，人们都称它"天百"，是大连卖高档商品的地方，这里卖的商品都是最流行的，当然价格也不低。

那时，天百是大连唯一一家有电梯的商场，惹眼又新奇，小孩子们最爱在电梯上玩耍。幼时的我每次去天百，都要在电梯里上上下下玩一会儿，总会有一种奇妙的满足感。

"苞米面的肚子，哔叽的裤子。"外地人是这样形容大连人的，说的正是大连人好穿、好面子的心态。大连人的确如此，他们省吃俭用，喝着苞米面的糊糊，却穿得像模像样的。追求时尚的服装，是大连人的爱好，他们平时省吃俭用，在衣服上却舍得花钱。

因此，天百是大连人趋之若鹜的地方。在天百买的东西，都是可以拿出来显摆的。尤其是那些年轻人，常以到天百来买东西为荣光，这是值得炫耀的事，甚至还有不少人来这里置办彩礼和嫁妆。

"这件漂亮的衣服是在哪里买的？"

"在街里买的。"

问者羡慕嫉妒，答者沾沾自喜。"街里"也是天百的代名词，在天津街里，逛天百和下饭店都是必不可少的项目。

父母曾在天百买了一台前进牌的缝纫机，机头上印着一个醒目的火车头，那是全家最值钱的一个大件。将缝纫机搬进家门那天，全家人都像过年一样欢喜。如今，这台像古董一样的缝纫机还存放在我的家里，它见证了大连的一段历史。

学校曾组织我们到大连缝纫机厂参观过，我从中了解了缝纫机的生产过程，因此对缝纫机一直深有感情。

现在的天百依然热闹，但已经不再是大连唯一热闹的地方了，不过它在大连人心中的地位从不曾改变。

天百的对门，是大连唯一的一家外文书店，虽然我那时还不懂外文，但却喜欢看五颜六色的插图，享受整洁明亮的环境。书店里总是静悄悄的，进进出出的人都斯文有礼。我后来喜欢学外语，大概就是受那家书店的影响。

后来，我在学校开始学习外语后，也经常到那里去，偶尔还会买几张英文版的报纸，因为报纸是最便宜的。我拿着报纸，走在街上，对路人投来的异样目光感到沾沾自喜，好像我的学识也提高了不少。翻开报纸时，偶尔能读懂只言片语，也会让我感到兴奋和激动。

再往前走，便是旅大市文物店，文学大师郭沫若书写的横匾高高地挂在楼上。文物店也是一个雅静的地方，物品错落有致地摆在柜台里或挂在墙壁上，那些字画和瓷器都是很珍贵的，连店里的空气都仿佛沾染了墨香。我每次在文物店里闲逛，心绪都会跟着平静下来。

文物店的前面是牙科医院。有一次，我的牙痛得忍无可忍，便到了母亲的单位。母亲给了我五角钱，让我去那个牙科医院看牙。

路弯弯

我的牙齿不好，后来经常去看牙医，每补一颗都要去好几次，十分痛苦。因此，每次去牙科医院，我都感到心惊胆战。

医院的大夫说："你的这颗牙蛀损面积太大了，露神经了，所以才会痛。"

"我痛得受不了了，您直接给拔了吧。"我再三地恳求大夫。

拔牙是要打麻药的，那细长的针头，将深蓝色的麻醉药注入我的牙龈，随之而来的便是钻心的疼痛。还有那拔牙的钳子和锤子，每每想起来，我都有毛骨悚然的感觉。

牙科医院不远处是人民浴池，那也是个人流密集的地方，洗澡的人如同下饺子，密密麻麻的。

那时，洗澡是全市统一价格，两角钱一张门票。我拿的是母亲单位发的福利票，是一张绿色的小票，全市浴池都可以通用。

水汽笼罩着浴池，一切都变得影影绰绰。水池分为温水池和热水池，在热水池里人们会把毛巾围在头上，泡得身心舒畅。

搓澡是个技术工作，搓澡工将手里的毛巾甩得啪啪直响，他们搓澡是很有章法的，动作也很有观赏性。那敲敲打打的声响如同马蹄落地一般，和澡池里的嘈杂声融为了一体。被敲背的人会露出很享受的表情，微微闭着眼睛，发出舒畅的叹息。

出了人民浴池，就是大连的霓虹电影院。在我的心目中，它是大连最好的电影院。每逢有新电影上映，都会在霓虹电影院里首先播出。我去过几次，当然都是背着父母，记得那时的电影票是一角二分钱一张，那是儿童票的价格。电影结束后，人们拥挤着走出来，闹哄哄地议论着、喧哗着。

毗邻霓虹电影院的四川饭店，也是大连有名的饭店。每次路过饭店门口，一股麻辣香气便会扑鼻而来。我在工厂里工作时，每逢开工资的日子，工友们便会三三两两地聚在一起，到四川饭店去撮一顿。四川饭店里永远都是人满为患的，那儿的价格也很公道，招牌菜麻辣豆腐仅六角钱就有一大盘。川菜吃起来，总给人火辣辣的感觉，自带一种热络的气氛。那时的饭店很少有包间或雅间，一片闹哄哄的气氛，喝酒的人也会吆三喝四，很是热闹。

出了四川饭店不远，便到了大连的陶瓷商店。陶瓷商店里的盆盆碟碟、坛坛罐罐，还有高高低低的水缸，摆满了商店的各个角落。陶瓷商店是大连唯一的专卖陶瓷产品的商店，是一个有历史的老字号商店。

天津街的出口处是糯米香饭店。母亲曾经带着我去吃过一次，吃的是糯米粥和糯米糕。人很多，母亲没有排上座位，我们是站着吃的，那黏黏糊糊的香甜味道令人难忘。

时隔五十年，曾经的天津街虽然已经物是人非，但它的气息仍在我的记忆中萦绕不去。如今，我仍然常常徘徊在天津街，总想找回过去的印记和感受，却始终难以达成。

路弯弯

一斛雪

雪使人心静，让人有一种回归自然的安定。雪静静地下，仿佛一切都安静了下来，人们遥望着雪景，聆听着窸窸窣窣的落雪之音，内心便有了一股莫名的力量。

初三
天欲雪

　　大年初三的早晨，我从过年的疲惫中醒来，看见窗外的天色似是要降下一场雪。大雾像轻薄的棉纱一般，盖在了大地上，一切变得迷离，如同我飘忽不定的心绪。

　　我思绪万千，望着迷茫的天地，禁不住浮想联翩。沉闷的天，阴沉的天，似与我当前的心情遥相呼应。

　　又过了一年，我感到了从没有过的心绪不宁，一种无法释怀的愁绪环绕在我的心头。我竟早已过了甲子年，奔向古稀年。时光一路向前，岁月无可回头，我不禁感到一阵慌张。又是一年，又是一事无成的一年，又是碌碌无为的一年，又是万分懊悔的一年！

　　渐渐老去的恐惧，一事无成的遗憾，荒度光阴的空虚，自怨自艾的情绪，难以解开的心结，一齐翻涌上来，包裹着我。

　　我在纠结，在懊悔，在迷茫。我的心起伏飘荡，处处矛盾。

　　是啊，人生如梦，周围光景恍如昨日，我却已然老去。一生步履匆匆，留下太多的遗憾，以及懊悔。但是，一切都过去了。

　　过年，本该是欢乐的，但迟暮的我却觉得它是如此仓促，如此匆匆。年轮一圈一圈增长，见证着人生的短暂；时光匆匆忙忙流去，催促着我们珍惜眼前。

回首这一年，我似乎一事无成，很多心愿还在计划当中。如此下去，我恐怕将在无穷的悔恨中了此一生！

太阳在茫茫的迷雾中露出了脸，瞬间光芒四射，阳光照向大地，驱散了重重迷雾。

那明亮的阳光也使我茅塞顿开，我在迷乱之中仿佛听到了一个声音："老牛亦解韶光贵，不待扬鞭自奋蹄。门前流水尚能西，休将白发唱黄鸡。"

我仰望天空，望着被阳光刺透的大雾，如同被人猛击一掌般从睡梦中醒来。

"老骥伏枥，志在千里。烈士暮年，壮心不已。"

我不能就此屈服，向岁月低头，才是真的老去！我要呐喊，我要奋斗，我要自强不息，我要同时光争个高低！

路弯弯

　　快到立秋了，天气愈发变化无常起来，雨时缓时急地下了几天。

　　看那万条银丝从天上飘飘洒洒地落下来，冲刷着万物，仿佛也在冲刷着我的心灵。

　　雨敲打着屋上的瓦，发出叮叮咚咚的脆响。房檐边落下的雨滴，串成一串透明的珠帘。雨敲打在院子里的草叶上，奏响一曲大自然之歌，草叶跳动着，像在跟着雨点翩翩起舞一般。

　　半空中升起白色的雨雾，宛如缥缈的白纱，经风一吹，在空气中掀起一片涟漪，仿佛藏着无穷奥妙。

　　雨落在地上，打起了朵朵争先恐后的雨花，如昙花一现，晶莹剔透又稍纵即逝。

　　观雨实为一件妙事，使我不由自主地松开了眉宇之间的愁结，在心头弥漫的忧郁和莫名的愁绪也都随着落雨化为乌有。

　　我静静地看着蒙蒙的雨丝，听雨打万物的美妙声响，呼吸着被雨洗得干干净净的空气，禁不住心旷神怡，愉悦而幸福。

　　走在山路上，可以身临其境地体会没有喧嚣的山雨。

　　细细的水流在脚下汇聚，风摇动着树干，雨打湿了树叶，远处的山岚在雨中模模糊糊，只能看见缥缈的轮廓。四下不见人影，这是多么好的环境，多么美妙的地方，好似是我一个人的世界。

在这里，时间仿佛都停止了。

此时此刻，没有了喧闹，没有了欲望，也没有了懊悔和悲伤。

我的思绪可以任意放飞，无拘无束，自由自在。人行山中，思绪翱翔在天际，雨水冲刷了一切。我要梳理生活中的一切，那些令我迷茫的、让我困惑的，在雨中一一展现出真实面貌。雨让我看清了人的渺小。雨水让各处变得茫茫，如烟、如雾、如尘，人在其中轻易便会被吞没。

雨荡涤着我的灵魂，使我大彻大悟，使我幡然醒悟，一扫那些惆怅、凄迷、伤感、彷徨、寂寥的心绪。

在雨中，思绪是清晰的，淅淅沥沥的雨声，沁人心脾的雨香，都让人变得心无旁骛。雨扫除了我身体的疲惫与心灵的灰尘，一切都变得洁净、舒展。

每当感到郁闷的时候，感到纠结的时候，感到有压力的时候，我便会到蒙蒙细雨中信步一游，雨会使我醍醐灌顶，也会使我豁然开朗，对一切都有了新的认识。

"他在风雨中，这点痛算什么？擦干泪、不要怕，至少我们还有梦。"

不经风雨，怎会感叹阳光的温暖？雨后，一切都将变得无比美好。

集团的工会主席找我谈话，可以说这是一场不伦不类的谈话。本该由集团党委书记和组织部部长共同和我谈话的，大概是大家都觉得这是一个出力不讨好的工作，或者说是一个无关紧要的工作，因此任务便落到了工会主席的身上。工会主席是一个憨厚、实在的女人。

她说得吞吞吐吐，含糊其词，我听得懵懵懂懂。谈话的时间很短，我唯唯诺诺地应着，心里却有些不明所以。

"根据工作的需要，经过党委会的慎重研究，决定不再由你担任分厂的党委书记，也不再担任副厂长的职务。"

我呆愣半晌，只问出一句："那我干什么？"

"你负责集团的生产总调度工作。你熟悉全集团的生产任务、人员组成，而且你的协调能力强，更适合这项工作。"

我知道，集团有负责生产工作的副总经理，下面还有生产部和各车间的生产管理人员，总调度是一个可有可无、无关紧要的岗位。

"我服从组织的安排，我会努力地干好我的工作……"我喃喃地说。

其实，我是有思想准备的。那段时间，厂里的生产任务一再拖期，销售前景一片暗淡，企业没有流动资金，工人情绪不高，甚至已经连续几个月没有开工资了。

习惯了车间工作的我，很难适应管理层的工作，尤其很难适应改革初期那层出不穷、接连不断的新改变。我没有能力挽救这种局面，每天都在疲于应付，如热锅上的蚂蚁一般煎熬度日，焦头烂额。

企业的调令虽然的确让我卸下了难以承受的负担，但我仍有些不甘心，毕竟我有自己的理想和抱负，彼时我尚且年轻力壮，不甘平庸，仍想出人头地。因此在松了口气之余，我突然意识到我大概也就止步于此了，我陷入了痛苦和颓废的情绪深渊中。

至今我仍记得，那是 1995 年发生的事。和工作的变动一同到来的另一件事，更令我感到了刻骨铭心的痛。

父亲突然去世了，走时年仅六十三岁，他是在上班的路上突发心梗去世的。父亲是全家的精神支柱和经济支柱，他的突然离去，于家里而言就好像是塌了天一样。

母亲难以承受这一打击，心脏病发作，住进了医院。她还患有糖尿病和风湿性关节炎，需要有人照顾。妹妹生孩子时落下了病根，身体本就不好，如今闻此噩耗更是整日头晕目眩、体虚无力。二弟骑车摔坏了腰，也住院了，伤筋动骨一向是需要很长时间休养的。还有我最小的弟弟，他患了很重的病，也很难医治。在为小弟治病一事上，我耗费了很大的精力和心血。

在父亲去世的阴影笼罩下，家里还有三个人同时住院，都需要人来照顾，也都需要花钱。那段日子，每每接到妹妹的电话，我都感到一阵恐慌担忧，很长时间才能平静下来。陡然而至的压力，如山一般压得我喘不过气，我甚至没有时间悲痛父亲的离去。

焦虑、无奈的心绪时刻环绕着我，从来也没有遇到过的困境困住了我，那无处诉说的痛苦久久地伴随着我。

后来，在我不屈不挠咬牙坚持下，逐渐地适应了这种压力，情况也

路弯弯

有了好转。这段艰难的经历使我成熟了许多，也使我坚强了许多。是思考拯救了我，我靠着静默沉思熬过了那段痛苦的日子，头脑也变得清醒了许多。思考给了我战胜痛苦、战胜自我的力量。

家里的情况在渐渐好转，工作的困境也在不断突破。董事长找我谈话，命我担任集团的副总经理，兼工厂的党委书记和总经理。希望如暖阳一般重新照在了我的身上，日子终于好了起来。

回想那段岁月，我忍不住想要敬自己半杯酒，感谢那个年轻的我没有轻易放弃，才令如今的我无愧此生。

一箪食，一瓢饮，在陋巷。人不堪其忧，亦不改其乐！

敬自己半杯酒

　　罕见的大雪飘飘洒洒地下了几天，很多年没看到过如此大的雪了。这洁白的雪令大地返璞归真，也带我回到了天真烂漫的童年岁月。

　　在我的记忆里，好像只有在很小的时候才见过如此大的雪。在雪地里摸爬滚打，在雪中嬉戏欢乐，是童年独有的乐趣，也是如今的美好回忆。

　　白的雪，白的天，白的大地，一切都是雪白的，白得剔透，白得完美无瑕。

　　雪厚厚实实地盖在大地上，将天地染成一色。白色粉饰了无际的天空，也装扮了苍莽的大地，万物都是洁白的，像披上了一层白色的羽衣。

　　雪花在风中曼妙地飞舞，妖娆妩媚，婀娜多姿。雪使人清心，洗刷了人们心灵之上的尘埃。雪使人心静，让人有一种回归自然的安定。雪静静地下，仿佛一切都安静了下来，人们遥望着雪景，聆听着窸窸窣窣的落雪之音，内心便有了一股莫名的力量。雪使人歇心，在心绪纷乱的时候看一看窗外的雪，便能摒除一切杂念。没有比落雪更宏伟的场面，没有比落雪更美妙的景色。雪洗涤了天空中的尘霾，覆盖了大地的污浊，使人的心灵骤然高远。

雪在静静地下着，只有风扰乱了它的有条不紊。雪花在风中翩翩起舞，那是一幅难以用语言描述的美景，如诗如画！

　　雪还在轻轻地、窸窸窣窣地下着，不甘寂寞的太阳却跳跃出了云层。

　　轻轻的风、耀眼的阳光、飘飘洒洒的雪花交织在一起，在天地舞台上共同表演着一出绝妙的舞剧。

　　啊，是太阳雪！

　　阳光透过淡薄的云层，照耀着白茫茫的大地。雪反射出银色的、耀眼的光芒，使人目不暇接，雪在阳光下愈发晶莹剔透。好一派北国风光！

太
阳
雪

辑三

一席清风君且行

风中弥漫着草的味道，芳香的、浓厚的、纯真的。空无一人的山野间是热闹的，也是自由的。

铺天盖地的雨稀里哗啦地下了大半宿，还伴随着刺眼的闪电、震耳欲聋的雷鸣和呼啸的狂风，搅得天地失色，一片昏暗。

房子又漏雨了，雨滴滴答答地敲着接雨的脸盆，发出了令人心烦意乱的声响。半夜，我几次被母亲叫起来，倒掉接满盆的雨水，或找新的盆子放在不断增加的漏雨之处。

"大强，起来吃饭，吃完还要去上学。"

"嗯。"我回答得很勉强，磨磨蹭蹭地赖在炕上。

不知道母亲是如何做的早饭，家里到处都湿漉漉的，没有干燥的木柴，还有一股潮湿、发霉的气味。

母亲面容憔悴，虽然没有唉声叹气，但神情无奈又压抑。她加大音量，又说道："你听到没有？快点起来，别耽误了上学。"

"好呀。"我极不情愿地说着。

我没有洗脸，更没有喝粥，只呆呆地坐在窗台上，看着从来没有注意过的风雨中的风景。雨还在一阵接一阵地下着，敲得窗玻璃噼啪作响，天上的乌云随着风翻滚，层层叠叠，形状各异。它们时而一块一块地分离，时而又高高低低地连成一片，一道道闪电在云层里划过，发出了耀眼的光芒，随之而来的是震耳欲聋、惊天动地的雷声。

风掀掉了部分人家房盖上苫的草，草垛更是被吹得四分五裂，杂草在半空中撕扯、缠斗。地里的苞米、高粱都匍匐在地上，青涩的苹果也尽数落在了地上。

村里的河沟灌满了浑浊的水，肆无忌惮地从大山上汇集而来，带着残枝落叶，冲刷着，侵袭着。又从河沟里呼啸着冲了出去，流向了更大更宽的河流。

到了要上学的时间，我仍然呆呆地坐在窗台上。我从没逃过学，学习成绩也一向很好，可现在，望着瓢泼的大雨，有些纠结。家里没有雨衣，也没有雨靴，在这样的大雨里伞是没有用的。

夹杂着雨水的风从前门挤进来，又从后门涌出去，门被风刮得发出呼呼哒哒的声响。

"大强，上学去。"母亲的声音再次传来，语气中透露出几分无奈与恳求。

我没有回答母亲，踟蹰着。我看着院子里情景，仿佛已经看到了自己仿佛落汤鸡一般站在教室门口的样子。不一会儿，我似乎是下定了决心，心情也逐渐地平复了。

我拿出了同伴狗剩给我的掌鞋用的锥子和针，还有手拈的麻绳和白色的皮子。我长长地舒了一口气，仿佛终于寻到了一个逃避雨天上学的理由而获得解脱一般，集中精力认真地掌起鞋来。那是我唯一的一双鞋，鞋的前侧面被脚顶出了一道很长的口子。

这是我有记忆以来第一次逃学，以掌鞋为理由。看着窗外的天空和那翻滚的大块乌云，我隐约地想到了老师的责备和同学们的嘲弄……

我掌了一个小时的鞋，广播喇叭里响起了声音："因为天气原因，学校放假一天……"

我愣了片刻，心中的大石头彻底落地了，露出了如释重负的笑容。

一

萌萌十几岁的时候，全家被爸爸带到了大山沟里。

到达的那天，是个寒冷的冬天，天边挂着羸弱的太阳，阳光里零零散散地飘着雪花。那是风带起的雪，风一阵一阵地刮，雪也随着风扑面而来。那雪花不温柔，更像冰粒，打在人的脸上像针扎一样。雪和风还不断往人们的领口和袖筒灌，凉的是冰，冷的是风。

父母那时的表情是凝重的，也是悲愁的，但很快，他们又强颜欢笑地与来看热闹的沟里人说起了客套的话。

萌萌向四周望去，他没有看到过这样荒凉的情景，他有些茫然，也有些新奇和惊讶。他好奇地看着山沟，看着那起起伏伏的山岗，看着那结成冰的河流，看着那些衣着朴素的人们。眼前的一切都是他未曾见过的。

"去，去找个人家暖和暖和。"妈妈对萌萌说。从城里来的卡车在风雪中颠簸了一天，萌萌坐在卡车的后车厢里，腿和脚已经冻得发木，他不停地跺着脚，每跺一下，腿和脚都会有麻酥酥的感觉。他的脸也冻得发木，像是一个不会说话的蜡人。

"到俺家。俺家暖和，有火盆和热炕。"一个和萌萌年龄相仿的孩子急急忙忙地说。

他比萌萌要矮一些，但看上去要比萌萌壮实许多，很长的头发盖住了他的耳朵，一个能卷起的毡帽紧紧地扣在头上，他的两只手对插在棉袄的袖筒里，还紧紧地揣在怀里。他穿的小棉袄的前襟向前翘起来，脸蛋冻得红彤彤的。

他拽起了萌萌，他的手很有力气，但手上有许多裂开的冻疮，而萌萌的手细细长长、白白净净的。

"你叫什么名字？"萌萌问他。他们在雪地里半走半跑地向住在坡上的狗剩家奔去。

"狗剩？叫狗剩？"

"嗯，俺小名叫狗剩。我爷爷给我起的名字，我念二年级了。"狗剩开心地说。

后来，萌萌才知道，沟里的孩子们念书晚，有的十几岁才开始念书，有的甚至根本不念书。狗剩特别强调他是一个念书的学生，这在同龄人中是很幸运的，他感到沾沾自喜。

"俺爹是生产队长，在这沟里他说了算。在这里没有人敢欺负你，我们交个朋友吧。"狗剩喋喋不休地说。能把城里来的萌萌请到家里来，这令他感到自豪。

狗剩家是五间很大的瓦房，房子建在高高的台阶上，院子很大，大得像学校里的操场。院子四周的围墙是用苞米和高粱秸秆扎的，扎得很密，给人一种厚实的感觉。

院子里有积雪，雪地上有鸡爪、鸭蹼、鹅掌留下的密密麻麻、杂乱无章的痕迹。一群鸡在地上用爪子向后扒拉着雪，它们在寻找被雪盖住的食物。鸭子扁扁的嘴贴在地面在觅食，鸭蹼是向前移动的。鹅向着萌萌一摇一摆地走过来，就像大腹便便的绅士一般。

"躲开。"狗剩大声地吆喝着。

不单是鹅，还有那大红冠子的公鸡，那汪汪叫的狗都冲了上来，它们争先恐后的嘈杂叫声在满院子里回响。好在狗剩守在萌萌的身边，狗剩的呵斥声在院子里压住了它们。

两人进了房间，萌萌看见了坑里的猪。他对猪竟然养在屋里感到惊奇，忍不住多看了几眼，它在闭着眼睛睡觉，一副憨态可掬的样子，舒适地躺在锅灶前的灶口处，它的四条腿伸得很直，嘴里还不停地哼哼着，看起来很是心满意足。

坑上铺的是苇子编的炕席，炕头的席子有些发黄。炕上有一个冒着缕缕青烟的火盆，一张方方正正的炕桌放在炕上。

"脱鞋，脱鞋，快上炕暖和暖和。"狗剩的妈妈热情地说，她给人一种利利索索的感觉。狗剩的家里也是干净利落的样子，炕头热乎乎的，在寒冷的冬天格外舒适。

向院子望去，门口有一个泔水缸。台阶下面有一个很大的院坑，泔水缸是用来装猪食的，院坑是用来沤粪的，这是狗剩向萌萌介绍的。接着是一个很大的鸡窝，毗邻着鹅和鸭子的窝。再旁边便是一个很大的猪圈，有一头很大也很肥的猪在圈里躺着，懒懒散散、逍遥自在的样子。

狗剩说那是"年猪"，是准备过年的时候杀的，现在正是长膘的时候，必须喂好吃的。

猪圈挨着一个露天的厕所，里面有一口很大的粪缸，狗剩管厕所叫茅房。

院子的西边是三间厢房，厢房坐西朝东，纸糊的窗户，草苫的房盖，像没有人居住一般。西边的角上还有一个很大的草垛和成堆的柴草。

"沟里只有我们家是瓦房，我们家的院子也最大，养了两头猪。我们家有三个劳动力挣工分……"狗剩喋喋不休地讲着，露出一种很自豪的神态，他生怕萌萌瞧不起他。

萌萌就此结识了狗剩。狗剩是萌萌在农村不可或缺的伙伴，也是他一生的朋友。

这是一个不大的山沟，除了雪的白色、土地的黄色、松树的苍绿色外，其他一切都灰蒙蒙的。风夹着雪，在沟里肆无忌惮地穿过，发出呼呼的声响。山上的柞树叶子都掉光了，剩下的柞树枝一副瘦骨嶙峋的样子。草是枯黄的，部分草梗在风中的雪地上瑟瑟摇晃着，大部分带着根的草都匍匐在地上或被埋在雪地里，山光秃秃的。

雪被风刮到地埂的边缘，踩上去会发出"嘎吱、嘎吱"的声响，还会留下一个个深深的、清晰的鞋印。地里有些没冻住的、干燥的浮土被风刮起来盖住了白色的雪。

不平整的耕地坐落在山的下坡，大小不等又很不规则，它们起起伏伏、坑坑洼洼的。耕地里的雪堆集在弯弯曲曲的垄沟里，抹平了地面，隐约可见的垄台上瑟瑟发抖的苞米茬根、高粱茬根、大豆茬根等在风雪中挺立着，好像一排一排站在雪地里的学生，茬根上被挂住的枯枝杂草在随着风摇曳。地里还堆放着整整齐齐的粪堆，粪堆朝北，因为没有阳光都被雪覆盖着。

山岗上是密密麻麻的柞树和松树，还有林林总总的灌木丛，长得稀稀拉拉、歪歪扭扭的。风刮得漫山遍野的树都在摇晃，像是一个个喝了酒的醉汉，它们连成片时，风吹得它们好像海里起起伏伏的波浪。在

路弯弯

树丛的浪涛中可以看到起起伏伏的山岭轮廓，还可以听到哗哗作响的林涛。

山沟是狭长的，很窄的沟北坡上星星点点地住着人家，大都是用草苫盖的泥房子，都是很小的窗户，房顶上都有用泥坯砌成的烟筒，烟筒里冒出的缕缕青烟被风刮得没有了踪迹。烟筒的顶端都是黑色的，门和窗的上端也都是发黑的颜色，那是做饭时的烟熏火燎造成的。沟里的房子比起狗剩家的都要逊色不少。狗剩家的房子是用青瓦盖的，墙的四角用了青色的砖，齐腰的地方还用了长条的花岗岩石，房盖顶的中央雕有雄伟的龙脊，房檐足有一尺五寸宽，门窗都是用红松木做的，还刷上了蓝色的油漆。房子整体看上去是有棱有角的，这在沟里是独一无二的。

"我家房子是东南向的，是全沟最好的房子，地势也是最高的。"狗剩经常扬扬得意地对萌萌说。

"东南向？为什么不盖正南向的房子？"萌萌好奇地问。萌萌对农村的很多事情都不太懂，需要狗剩来告诉他。

萌萌以前有些瞧不起农村的孩子，但是现在他渐渐地觉得自己才是孤陋寡闻的。

"正南？正南是庙，庙才盖正南方向！住家的房子都是东南向的，尤其是上屋家。"狗剩说起这些老规矩来头头是道。

萌萌知道如果说狗剩家房子有缺点，狗剩是会很不高兴的。狗剩习惯了别人的称赞，也习惯了别人的恭维，尤其是在那山沟里，他家处处都是高人一等的，仿佛也是鹤立鸡群的。

山的南坡是一片坟地，坟包大大小小的很不一致，石碑挺立着，都是用漂亮的花岗岩石雕刻的，比起人们住的房子显得气派了很多。坟地离住家很近，但并没有阴森的感觉。沟中心的土路好像阴阳的分界线。

沟里经常能听到呼呼的风声，那是沟里特有的穿堂风。穿堂风呼呼哒哒地从各个岔沟里汇集下来，从人们居住的山沟里穿过，又挤出了沟口。

山下还有一条不宽的河沟，蜿蜒曲折，也是大山里的沟沟岔岔汇集下来的山水。它们涓涓地从山上淌下来，汇成了沟里的河。冬天，它是一条白色的长带，静静地蜿蜒着，像一条白色的卧龙。

河的上游是一口井，冬天人们和牲口共饮一个井里的水。井水要比河水要深一些，河的上游是人们淘米、洗菜的地方，河的下游是人们洗衣服的地方，也是成群的鹅、鸭们的栖息地。

这儿没有人来人往的熙熙攘攘，更没有灯火辉煌的五彩缤纷，没有城里变幻无穷、热热闹闹的场景，沟里通常是寂静的，只有偶尔的鸡鸣犬吠。到了晚上，除了偶尔有几声狗叫和风声，到处都是死寂的，也是漆黑的，除了在有月亮的时候。

沟里人的表情都有些呆滞，眼神都是迷离的，无论是大人还是孩子，都是木讷的，不善言语。他们说话也都好像慢了半个节拍，像要经过深思熟虑一般。他们大都穿着黑色或灰色的衣服，女人偶尔穿着花色的棉袄，都是硬邦邦的空心棉袄。他们把手抄在硬邦邦袖筒里，用探询和惊奇的眼神看着萌萌一家人和萌萌家里的一举一动。

二

这是一个荒凉瘠薄的地方，萌萌不知道家里在这个地方要如何生活下去；如何住那透着风，还簌簌窣窣掉着土渣的泥房；如何每天蹚过带冰的河，穿过人烟罕见的山岗去上学；如何到山上搂草，到地里挖野菜，到像冰窟窿一样的井里去打水，以及种菜园子……

萌萌的爸爸被调到县城工作，他不能经常回家干活，家里大部分活都落到了还幼小的萌萌的肩上。

萌萌对陌生的一切感到惶恐和迷茫，他还不习惯这里的一切。但是，萌萌突然感觉自己长大了，不再是被照顾的小孩子了。沟里的伙伴们是他的榜样，他必须要和他们一样生活。

一开始，萌萌和沟里的几个年龄相仿的孩子并不熟悉。萌萌不习惯他们埋里埋汰的样子，他们还说着很土的话，听起来很好笑。他有点瞧不起这些土气的伙伴，他嫌他们邋邋遢遢、木讷少言，他们吃起饭来也是狼吞虎咽的，身上还有虱子。

很快，萌萌被孤立了，伙伴们都不愿意搭理不合群的萌萌，上学不愿意和他搭伴，搂草、挑水也不愿意和萌萌一起。他们还经常起哄，嘲笑萌萌不会用耙子搂草，嘲笑萌萌挑水摇摇晃晃，嘲笑萌萌不认识各种各样的野菜和蘑菇。

上山搂草时，萌萌经常跟在几个伙伴的后面，他不敢独自一人进那高高的大山，也找不到有很多草的地方。

伙伴们却像是约好了似的，对萌萌爱答不理的，有时像捉迷藏一样躲得无影无踪，只剩下孤单的萌萌。沟里是他们的天地，大山是他们的乐园，这里的一草一木都是他们的，他们不喜欢像萌萌这样的外来人打乱他们的生活。

狗剩和萌萌是一个班的同学，还是同桌，伙伴中也只有狗剩不欺负萌萌。他们两个人渐渐成了要好的朋友。

大山里缺木材，因为要封山育林，不能随便砍伐山上的树木。由于缺少木料，课桌是用泥坯砌成的，只有桌面是一块木板。在这个简陋的课桌上，萌萌和狗剩一起度过了两年多的时光。

萌萌很会讲故事，他经常把城里的见闻和在书上看到的事情讲给狗剩听，他讲得眉飞色舞，天花乱坠。狗剩很佩服萌萌的见多识广，萌萌讲的这些都是狗剩闻所未闻的，他常听得目瞪口呆，也经常缠着萌萌给他讲故事，他很愿意和萌萌在一起。

两个人是形影不离的好朋友，这使萌萌在沟里能立足下来，还因为狗剩的爹是山沟里说一不二的人物。因为狗剩和萌萌的关系好，其他的伙伴们也不敢再嘲弄萌萌。在狗剩的影响下，沟里的伙伴们渐渐地接纳了萌萌。

狗剩开始帮萌萌上山搂草，萌萌再也不用羞愧地背着半筐草回家了。狗剩还帮助萌萌给家里挑水、种菜地……狗剩让萌萌感觉到了自己的渺小，他身上有很多萌萌不及的地方，狗剩的胆气、憨厚、助人为乐，都令萌萌钦佩。萌萌改变了自以为是的傲气，改变了对伙伴们的看法，也改变了对大山沟的印象，萌萌对沟里的一切产生了感情。

沟里人木讷迟钝，但他们也是有智慧的，是饱经沧桑的，更是宽厚善良的。萌萌逐渐适应了大山沟里的生活，他也成了山沟的一员。萌萌会讲那些沟里的孩子都没有听说过的事情，他也经常给伙伴们带来欢乐。

"你为什么叫狗剩呢？沟里的大人和小孩都这样叫你，多难听啊。"萌萌不解地问道，"狗剩、狗剩，是狗剩下来的，连条狗都赶不上。为什么要起这样的名字？"

"我有两个姐姐，我爹和我妈把我当成了宝贝疙瘩，所以起了这个名字。"

"狗剩是宝贝疙瘩？"萌萌更加不解了，他很为狗剩的名字打抱不平。

"我们这儿给小孩起名都是这个讲究，要起个很贱的名字，才好养活，也是为了让小孩像动物一样的壮实。"

"还有这样的风俗。"萌萌似懂非懂地说。沟里很多伙伴都有这样的小名，有的叫粪蛋，有的叫羊羔、牛咩……

沟里是全县最小的一个生产队，算起来仅有二十几个劳动力，只有很少的土地和很小的果园，沟里连一条像样的路都没有。排除生产队里喂大牲口的、放羊的，以及会计、保管员和车老板，真正下地干活的劳动力仅有十几个，但麻雀虽小五脏俱全。

狗剩爹是沟里的当家的，一切都是他说了算。他是沟里的核心人物，是人们的精神支柱，是判断家里家外那些是是非非、拿主意的人。他每天都要给劳动力派活，无论是身强体壮，还是老弱病残，他都安排得妥妥帖帖。

狗剩爹是一个干活的好把式，什么赶大车、耕地摆垄、收割的事，他都懂，而且还干得有条有理、利利索索。他家里有三个劳动力，顶起了生产队的半边天，是家家都羡慕的日子过得红火的人家。

他把生产队也管理得有条不紊，他晚上就住在生产队里，要亲自喂大牲口。大牲口就是能拉车、能下地的马、骡、牛、驴，这可是生产队最值钱的宝贝。喂大牲口是一个辛苦的活，他不分昼夜地在生产队里忙忙碌碌。

三

在沟的深处有一个很神秘的地方，叫"龙潭"，大人们是不许小孩去的。萌萌经常听伙伴们神神秘秘地讲起关于龙潭的故事。

狗
剩
和
大
山

"走，我带你去龙潭看看。"有一天，狗剩对萌萌说，"不能告诉任何人，那儿我去过。"

龙潭在大山深处的一个沟岔里，传说那儿曾经有一条龙，故叫龙潭。萌萌对龙潭充满了好奇。

狗剩说："我偷偷去了几次，那里阴森又吓人。"

萌萌听了，更加好奇。

他随着狗剩进了山，狗剩一路走在前面，萌萌拿了一把磨得很锋利的长柄镰刀。他们穿过了许多山岗和深深的沟堑。两人走到一处高高的悬崖下面，一股白色的雾气袅袅娜娜地向上飘去，萌萌闻到了很重的气味，那是一股说不出来的味道，很难闻，又很呛人。

在悬崖的下面有一潭不大的水坑，水坑里的水是深黄色的，水坑的周围都是黄绿色的，方圆百米没有树木，连枯黄的草都没有，到处都是绿黄色的苔藓。水潭中不停地泛起水泡，像是一锅烧开的水，围着水泡，一圈一圈的漪涟慢慢向四周扩张。

龙潭四周弥漫着浓重而潮湿的雾气，并不像如诗如画的仙境，只给人一种阴沉沉的感觉。寂静的山，高耸的悬崖，黄色的潭水，咕嘟咕嘟的声响，令人难免有些紧张。可萌萌等了一会儿，并没有什么异常情况，龙潭只是龙潭，没有巨龙，更没有妖魔，可见伙伴们讲的故事也只是传说罢了。

两个伙伴在龙潭边静立了一会儿，狗剩说起了他家大姐要出嫁的事。狗剩的大姐要嫁给一个军人，狗剩的爹非常高兴，腰板挺得越发直了，狗剩虽然高兴，却也有些舍不得大姐。

萌萌第一次像个大人似的参加了狗剩家里的酒席，他是狗剩特邀的嘉宾，坐在了主桌上。两个孩子煞有介事的模样，逗笑了两家大人。大姐出嫁的第三天，就是"回门"的日子，萌萌又被狗剩叫到家里吃饭，场面比结婚那天还热闹，沟里每家都去了代表。喝的是地瓜干酿成的白酒，吃的是现杀的猪肉和现磨的豆腐，还有鲜美可口的山蘑菇炖鸡。主食是大米、小米、高粱米合煮而成的三米饭。农村那热热闹闹喝酒、吃饭的场景，是萌萌未曾见过的。

皎洁的月亮高挂在山的顶端，温暖着黑漆漆的乡村夜晚。

狗剩招呼萌萌一起去掏麻雀，他扛了个木梯子，萌萌懵懵懂懂地跟在后面。

麻雀都聚集在生产队饲养室的房檐下，那儿的木槽里常年放着喂牲口的饲料，麻雀就在木槽四周飞来飞去。

狗剩把木梯架在了房檐下，拿着手电筒爬上了梯子，照在房盖和墙的缝隙中，少数受惊的麻雀会扑棱着飞向天空，而更多的麻雀则被吓得呆若木鸡，一动不动。

萌萌看得惊叹不已，对狗剩无比佩服。此时，萌萌已经完全改变了对农村孩子的看法，就连狗剩那蓬头垢面的形象也变得顺眼了许多。

萌萌猫着腰跟在狗剩的后面，跟跟跄跄地爬上了山岗，他们脱了上衣，搭在汗水淋淋的肩上，衣服上还搭着麻绳，后腰里别着镰刀，一副割草的打扮。

萌萌气喘吁吁地站在高高的山岗上，举目望去，除了山的另一侧那高高的主峰仍让人仰视，其他一切都在脚下。那密密麻麻的柞树叶子，被炽热的太阳晒得蔫蔫地耷拉下来，阳光透过树叶直照在地上，林中忽暗忽明，翠松被烤得冒出了油，发出了好闻的松香味。

山上蚂蚁的种类很多，有硕大的，有微小的，有的还长着翅膀。它们或是成群结队，或是单独行动，窸窸窣窣地在地上爬着，不停地转动着那两根灵敏的触角。除了蚂蚁，山中还有数不清的虫子，有的像蜈蚣一样长了很多条腿，有的模样酷似壁虎，总之数不胜数，连狗剩都认不全。

萌萌和狗剩躺在高高的山岗上，看着蓝蓝的天和白白的云，凉风习习，松柏轻摇，惬意极了。

从山岗向沟里望去，房子隐没在树丛中忽隐忽现，袅袅的炊烟升起。鹅的叫声清晰地传到山岗上来，原来声音在那狭小的山沟里是向上传的。那"嘎嘎"的稍显粗野的声音却使萌萌感到亲切，为萌萌增添了在空旷山野里的胆气。

向左边望去，是山的主峰，光秃秃的山峰上奇石突兀、怪石嶙峋、巍峨险峻。悬崖矗立在山巅上，是大自然的鬼斧神工造就了它。高高的悬崖上有一个山洞，据说那曾经是高僧修行的地方。狗剩说他没有上去过，也很少有人上去，攀登主峰会令人头晕目眩、战战兢兢。

向右边望去，是一座大煞风景的山岭，山上光秃秃的，只有青褐色的石头。在强烈的太阳光下，它好像一个炽热的大烤炉。山上有石头摆的"封山育林"四个大字，石头用白灰刷上了颜色。生产大队年年都要组织人来种树，但是山上依旧光秃秃的。

天空中更有一番热闹景象，唧唧喳喳的麻雀，各种各样的飞鸟、山鸡躲在树丛中鸣叫，老鹰在高空中盘旋。蜇人的野蜂子则发出瘆人的怪异声响，肆无忌惮地在半空中穿梭，使人避之唯恐不及。风中弥漫着草的味道，芳香的、浓厚的、纯真的。空无一人的山野间是热闹的，也是自由的。

狗剩和萌萌躺在山岗上舒舒服服地睡了一下午，到天擦黑的时候才下了山。

四

　　萌萌喜欢上了大山，大山的乐趣是无穷无尽的；萌萌习惯了这里的生活，这里的生活是踏踏实实的；萌萌也喜欢上了这里的人，这里的人虽然少言寡语，但他们有火热的心肠。

　　萌萌和年龄相仿的狗剩成了至交，萌萌在他的身上体会到了什么是淳朴，什么是憨厚，什么是聪明和智慧。

　　萌萌被融化在了大山里。他对那段岁月的所见所闻、所作所为，都充满了深深的情感，令他多年难忘。

　　车缓缓地启动了，萌萌一家要回城了，又是一个寒冷的冬天，萌萌没有了来时的那种惶恐和迷茫，他只觉得恋恋不舍。

　　沟里的人们都前来送行，他们戴着自己缝制的狗皮帽子，腰上紧紧地捆着带子，手上戴着手闷子，一副过冬的打扮。萌萌也戴着狗剩送的带兔毛的帽子和手套，是狗剩的妈妈连夜缝制的，感觉一阵暖流从心间涌出。

　　再次回到山沟的萌萌已至花甲之年，山沟的变化太大了，大得他已不敢相认。笔直的水泥路通到了沟里，神秘的龙潭成了有名的温泉，搭配上地道的绿色食品，大山沟变成了旅游胜地，而狗剩正是旅游公司的管理者。

狗剩和大山

春

一

1980 年，改革的春风徐徐吹来，人们在欢呼雀跃。农村的改革已经大显成效，人们在期盼工业企业的改革。但工业的改革举步维艰，是需要成本的，也是复杂的。

集团办公大楼的会议室里烟雾缭绕，众人的情绪都很激动，有的胸有成竹，有的心灰意冷，还有的不知所措。会议已经开了一天，大家也争论了一天，会场是热烈的，又是消沉的，大家都筋疲力尽、心力交瘁。

今天的会议内容是研究当前企业面临的日趋下滑的销量问题。企业的销售每况愈下，流动资金捉襟见肘。资金是企业的命脉和血液，过去企业的运营都是由国家来保障的，企业只以生产为核心开展工作。现在市场放开了，没有了计划经济时期国家的指令性计划，制造和生产同类产品的同行企业如雨后春笋般成长壮大。它们是企业的威胁和竞争对手，它们的成本低、包袱轻，还挖走了企业的不少技术骨干，它们的产品生产、销售机制也更灵活。

产品没有了销路，企业资金紧张，运营遇到了前所未有的困难。企业没有资金购买原材料，正常的生产难以为继，来企业讨债的人络绎不绝，工人已经几个月没有开工资了，企业领导心急如焚。

孙副总在会上发表了不同的观点。他叫孙援朝，是抗美援朝那年出生的，是集团的副总经理，也是企业的总经济师。

"我们的企业要改革，必须要痛下决心。我们要认清现实，要转变观念，改革就是放开，就是有竞争的市场经济，我们要在竞争中发展。我们不能再以生产为唯一核心了，现在是买方市场，我们要把精力投放到市场上去，以市场为导向，把骨干调到销售部门，充实销售力量。所有的干部都要经过市场的锻炼，要了解市场、熟悉市场、进入市场，这是我们的唯一出路。我们要调整产品结构，要开发和生产市场需要的产品，不能再生产那些积压库存、千篇一律的老产品了。我们还要精简人员，降低成本。"孙副总说得慷慨激昂，涨红着脸，挽起了袖子。

"你的话我听不懂。"王总接过孙总的话说。王总叫王守仁，是负责生产工作的副总经理，是一个很有资格的老干部，为企业效命二十年了。他说："我们辛辛苦苦干了大半辈子了，对这儿的一草一木、一砖一瓦都有感情，这是几辈人给我们留下的宝贵财富。俗话说：'仓里有粮，心里不慌。'现在是有些库存，但国家经济的发展是波澜起伏的，市场也是不断变化的，我们不能失了根基，乱了阵脚。工厂就该以生产为核心，没有产品，我们卖什么？不以生产为核心，我们不就成了单纯销售的商店了？市场的问题、销售的问题是要解决，但不能削弱生产，企业没有了生产基础，就是无本之木、无源之水。我们还要加强生产的力量和力度。提高我们的制造能力，大力培养有技能的工人。生产才是根本，我们不能忘了根本啊！"

改革开放初期，人们尚未建立起市场观念，也没有竞争意识，更没

春

有改革共识。大多数人都认为向市场转变就是投机取巧。王总的话代表了当时大多数人的观点，企业多少年来形成的观念是根深蒂固的，一时难以改变。

大多数人辛辛苦苦地在企业里工作了大半辈子，都习惯了以生产为核心。工厂凝聚了他们辛勤的汗水和全部的期望，也是他们赖以生存的精神支柱，他们不希望它出现任何闪失。

他们是执着的、顽固的，也是不可动摇的。

孙总对企业有感情，他在企业里工作了近二十年，勤勤恳恳，任劳任怨。他也是一个好学的人，曾去国内外考察过，也在中央党校学习过。他深刻地思考过，企业职工对于经济发展的概念是模糊的，没有市场观念、没有自主经营意识的人不在少数。因此在企业里搞改革，谈何容易。

改革是企业的大势所趋，是国家发展的需要和企业进步的必然选择。当前企业的困难，是体制的问题、机构的问题，更是人们思想观念的问题。改变是必需的，是势在必行的，但可想而知，阻力也是巨大的。

企业改革要精简机构、下岗分流，要开发新产品、减少库存，这是要触及很多人的利益的，也是要有很多人做出牺牲的。在这样的情况下，如何留住人才，就成了一件难事。

改革是有风险的，不改革是难以为继的。是破釜沉舟，还是维持现状？这是一个重要的抉择，也是一个艰难的选择。

孰是孰非、孰轻孰重，孙总考虑了很久。他在这次研究市场问题的会议上提出了新的观点，力主企业要改变观念、改变结构，全方位进行改革；净化主体，以市场为导向，剥离大大小小的辅助部门；把企业的核心工作放到市场研究上，加强销售力量。

这个建议，引起了轩然大波，招来了一片责难。

"企业是职工的依靠，是职工的家，不办医院了，职工如果生病了怎么办？不办幼儿园了，那职工的孩子怎么办？不办食堂了，职工吃饭怎么办？不办运输公司了，那物资的周转怎么办？取消福利待遇了，职工住房怎么办？工人没有房子住，哪有心思干活？"大家议论纷纷。

会议明显偏离了研究市场工作的主题，大家都是义愤填膺的样子，孙总成了众矢之的。

负责生产工作的王总也是一个有资历的老干部，还是一个正直、忠心的人，他从普普通通的学徒工干起，当过生产车间的班长，当过工段长、车间主任，一直到现在，担任厂里的主要领导。他对工厂的情况了如指掌，对生产工作轻车熟路。他在工厂里也很有威信，人们都说他是个勤勤恳恳的老黄牛，是个踏踏实实的实干家。他是工厂里很多人崇拜的对象。

"曾经的我们制造了国家的第一台机床，支援了国家的三线建设，创造了很多国家工业的第一，我们的荣誉室里挂满了奖状和锦旗。现在企业遇到了困难，而且是很大的困难，但我们不能后退。我们要相信国家，要团结一致，共渡难关！大家齐心把产量搞上去，把质量也搞上去，提高职工的待遇，增强企业的凝聚力，形势会转变的，一切都会好起来的。我们要抓住生产，做好的产品，不能乱了阵脚，自毁长城。我们要稳中求进，迎难而上，艰苦奋斗。这些是我们的优良传统，是我们克服困难的法宝，是我们渡过难关的唯一道路。"王总的话充满了激情，很有分量，很多人赞同他的观点。

主持会议的张总经理始终一言不发，他在认真地听取每一个人的发言，不时地在笔记本上写着什么。他叫张志国，是企业的总经理，如今也是董事长。

二

　　孙总是大学毕业后被分配到工厂里的，一开始他在设计部门当设计员。实习的时候，王总发现了他的可塑性，把他调到了自己手下，重点培养他。因此他与王总私下里的关系一直很好，王总对他百般关照，他对王总也感激不尽。他们既是师徒，又像兄弟。

　　多少年来，两个人都是工作上的同盟和伙伴，王总的厚重可靠与孙总的精明强干配合得淋漓尽致。他们两个是企业的核心人物，他们的意见在很大程度上影响着企业的未来。

　　但是现在，他们的关系变得微妙起来，王总要坚持既往的传统，孙总则要在企业里破釜沉舟地实施改革，这是不同观念引发的矛盾，也是保守与创新的激烈碰撞。

　　"你说得或许是对的，但是要切合实际，脚踏实地，积极稳妥。我们几十年来的奋斗、几十年来的传统，我们为此而付出的心血，你难道都忘了吗？都不要了吗？你的步子迈得太大了，小心无法收场。"王总气愤地说。

　　"国家的号召，我们能置之不理吗？企业的产品早就没有利润了，我们靠国家养活，国家的钱从哪里来？我们沉浸在过去的荣光中故步自封，这是倒退，是僵化。你这是抱残守缺，终究是会被淘汰的。"孙总驳斥道。

　　张总经理在会议上自始至终都没有发言，也没有打断王总和孙总的争论。他的责任是重大的，他的观点很重要，他在烟雾中苦苦地沉默着、思索着、抉择着。

　　企业的情况是复杂的，矛盾重重，盘根错节，要下岗分流，建立精干高效的职工队伍，这是要打破很多人的饭碗的，可是人浮于事的问题势必要解决。企业要改革，要走向市场，过去几十年来以生产为中心的思想观念要改变了。观念的转变、下岗分流，以及取消福利待遇，这一系列举措会引来怨声载道。如果改革不成功，那企业的生产根基就将遭到不可挽回的破坏！不改革，企业会慢慢地"死"掉；但是改革，会不会让企业马上"死"掉？

张总一根接一根地抽着烟，想了很多，依旧举棋不定。孙总无疑是正确的，对于当前企业的困境而言，改革是唯一的出路。可王总的担心也不是空穴来风，改革是有风险的。

张总是一个年轻干部，王总和孙总都是他的前辈，但是现在已经到了需要他做出决断的时候，他不得不慎重。

三

张总说："改革是党的号召，是国家的重大决策，我们是党员，要义不容辞地响应和贯彻执行。但是，我们也要因地制宜，结合实际情况，要照顾广大职工的情绪，要积极，还要稳妥，不能扰乱了企业的正常生产和经营工作。改革的目的是要企业向好，如果不能做到，那我们的改革就是失败的。我们是一个国有企业，有上万名职工，有优良的传统和丰富的经验，我们的企业经历了风风雨雨的锤炼，这是我们宝贵的精神财富，不能在我们的手上断送了。

"一句话，我们的企业要积极推进改革，但也要稳妥实施。不能不改，更不能乱改。"

张总的一番话说得恳切，却也似是而非。他要缓和王总和孙总之间的矛盾，他们是企业里不可或缺的干将，张总有责任维护管理团队的团结。

在这种情况下，企业半推半就地开始了改革。一切工作都是被动的，因此企业的情况越来越糟，过去的老经验、老传统、老办法好像也都失去了效力。

张总心急如焚，可也无法改变目前的处境。王总也开始怀疑起自己的观点，但他仍是不甘心的。孙总更是感到煎熬，他看得明明白白，却无能为力。他知道王总对企业的感情很深，也理解张总的观点和良苦用心，但他认为企业目前的改革是潦草的，是不痛不痒的。企业必须打破那些旧的观念，必须有牺牲，必须经历痛苦，才能摆脱这样的局面。

上级派来了工作组，在进行细致调研后，着手调整了企业的领导结构。这一举动在企业里引起了轩然大波。

张总被外派学习，且被免去了董事长、总经理的职务，学习后另行安排工作。孙总被任命为集团董事长兼任总经理。

王总病了，他急火攻心，百思不解，只好离职休养。他和企业的感情很深，面对工作他一向尽职尽责、问心无愧，可是这一次难道真的是他错了？

后来，孙总经常去看望王总，仍待他如师父，如兄弟，两个人冰释前嫌。而企业经过几年的奋斗，也蜕变成现代化企业，发展得越来越好。王总感慨万千。

进|城

一

市中心一个豪华大酒店的餐厅里，客人川流不息，到处都是喧闹嘈杂的声音，包间里也传出了畅快的笑声。

这是一个很热闹地方，也是一个高消费的地方，更像是五彩缤纷的万花筒。有的人温文尔雅，有的人放浪形骸，有的人默默无语，有的人高声吆喝。

刘晶对此感到惊奇和迷茫，她看着那些来来往往的人，看着他们华丽的衣着和趾高气扬的神情，闻着后厨飘出来的味道，酸甜苦辣交织成一团。

她在这儿打工半个月了，却仍觉得自己是另一个星球上来的人，与来就餐的是两个世界的人。她笑容满面、恭恭敬敬地伺候着那些高高在上的人，还要不停地倒茶送水、端菜送饭，她第一次感到了自卑。

"世界上还有这样的人，那些山珍海味、名贵酒水，他们吃喝起来从不在意，更无须细品。他们随意吃掉的一桌酒菜，是我好几个月的工资啊。"刘晶看着满桌剩菜，愤愤不平地想着。

她感到有些悲哀，还有一种酸楚的感觉，她的心理极度不平衡。那热热闹闹的场合，那推杯换盏的客人，那酒和菜的香浓，都和自己无关。她突然有一种头晕目眩的感觉，天花板上挂着的漂亮的水晶灯也旋转了起来，大堂里那些花花绿绿的摆件也转动了起来，她像踩在了棉花上一般，整个人变得轻飘飘的。刘晶晕倒在了厚厚的地毯上。

"这乡下来的小丫头太能干了，为了多挣钱，她已经连续好几天没休息了。她是累得晕倒了。"大堂经理叹息着，让其他员工帮忙把刘晶扶到了休息间。

那些来来往往的客人却并不关心，这一插曲丝毫没有影响到热闹的氛围，甚至没有人注意到这一幕的发生。

刘晶躺在家里的土炕上，她的母亲在一旁抽泣着抹眼泪，她被送回了乡下的家里。屋子里冷冷清清的，高粱秸秆扎的天棚、报纸裱的墙壁、牛皮纸卷成的窗帘，一切都是贫穷的、寒酸的，这和城里的住宅有天壤之别。刘晶的父亲刚去世，父亲在炕上躺了三年，他的病花光了家里所有的钱，还欠下了很多的债。刚成年的刘晶不得不辍学，进城去打工。

"在城市挣钱容易。"念书时的伙伴曾这样对她说。

她望着天棚，痴痴地发呆，家里的几亩地和几棵果树不能维持一家人的生活。她在城里的酒店当服务员，一个月的收入比家里种地一年的收入还要高。但她干了不到半个月，就累倒了。她适应不了那种紧张的工作，也适应不了纸醉金迷的场面，她的神经总是绷得紧紧的，她唯一的想法就是要拼命地挣钱。

"到城里去挣钱？那是你一个丫头去的地方？那里人生地不熟的，你被人骗了怎么办？你遇到坏人了怎么办？你留在家里帮我种地，将来找个好人家嫁出去，祖祖辈辈都是这么过来的，大山饿不着你。"母亲

路弯弯

曾三番五次地劝说刘晶。

刘晶的家在偏远的山沟里，连绵起伏的山岗堵住了走出去的路，漫山遍野都是苍绿的参松和不断变化颜色的柞木，还有丛生的杂草。那儿的猪、鸡、鸭、鹅都是放养的，山上还有山核桃和山梨，以及连成片的蘑菇，到处都充满了原始的野性。但是山里的交通很不方便，离城市太远了，荒凉的山沟很少有人涉足。山沟是被人们遗忘的角落，是被现代社会抛弃的落后的地方。

刘晶很不甘心，在城里打工的短暂生活使她改变了过去的很多观念，城里那令人眼花缭乱、目不暇接的场景使她不能自持。她对那种生活感到惶恐和迷茫，同时也感到痴迷。

她累倒在酒店后，被送去了医院，查出来是长期营养不良导致的。酒店怕出了事担责任，便把她送回家休养，还给她放了假。

她躺在充满泥土味的炕上，挣扎着动了动浑身酸痛的身体，眼睛看着直掉土渣的屋棚。家里太穷了，弟弟还要念书，父亲刚去世，家里还有外债。沟里的好多伙伴都到城里去打工挣钱了，看他们回来后一副神气的样子，穿着打扮也很有城里人的派头。

这些都让刘晶心动不已，她更坚定了再次进城的决心。

二

刘晶的父亲是得肝癌去世的，父亲曾经是民办教师，他是一个很老实的人，也是一个很正统的人。他喜欢读古书，还收集了很多当地的民谣，都是有关季节和耕种的民谣。一辈子老老实实、循规蹈矩的父亲病倒了，家里像是塌了天一样，他们没有钱送父亲到城里的大医院去医治，父亲只能在家里苦苦地煎熬着。那种艰难的、无奈的、痛心的处境，给刚刚长大的刘晶留下了深刻的印象。家里的贫困潦倒、父亲的痛不欲生、母亲的泪水……这一切的一切都被刘晶记在了心里。她知道了没有钱的滋味，也知道了钱的重要，当时还在上学的她就萌生了辍学到城里打工挣钱的念头。

父亲葬在了山岗上，坟冢稍显寒酸，家里没有钱给父亲立碑。

"我要养家，家里还有母亲和念书的弟弟，我必须要到城里去挣钱。城里是家的希望，是让家摆脱贫困的地方，我要到城里去！"她在父亲的坟头念叨着。

她决心已定，要重新回到城里去打工，要帮助家里摆脱困境，让家人过上好日子。

刘晶已经十九岁了，她有乡下人吃苦耐劳、踏踏实实的品质，干起活来也心灵手巧。她的个子不高，但有一副娇好的面孔，也有机灵的头脑，说起话来甜甜的，总是带着笑。

如今在乡下的弟弟也到了城里，姐弟俩都在酒店打工，在大城市里相依为命，一起攒钱捎给留在乡下的母亲。

姐弟俩租了一个很小的房子，没有暖气，更没有空调。房子在一个乌烟瘴气的小胡同里，胡同里污浊不堪，是从农村来城里打工的人们的聚集地。

"你也不小了，酒店里追求你的人都排起了队，你挑一个吧。挑一个有城市户口的，嫁给城里人，你就是城里人了，一辈子也不用回到山沟里了。"酒店经理对刘晶说道。酒店经理是一个好人，她对刘晶的吃苦耐劳非常赞赏。

其实，刘晶也渴望拥有城市户口，她已经习惯了城里的生活，习惯了灯红酒绿，也习惯了忙忙碌碌。她还刻意改变了自己的口音，希望自己更像城里人。

终于，刘晶如愿嫁给了一个城里人，那年她二十三岁。她的丈夫是一个出租车司机，婚前他曾信誓旦旦地说："我要把你的户口转到城里来，而且我们将来会有大房子住，还会有小汽车开，我会真心实意地对你好，挣钱给你花，你的母亲和弟弟都由我来照顾。"

刘晶感到自己是幸运的，也是幸福的，她为他的承诺而感动。虽然他比自己大了十几岁，他们相处的时间也不长，但她还是嫁给了他。不久，他们有了个儿子。

当刘晶真正了解他的时候，一切都晚了。她的丈夫是一个好吃懒做、品行不端的人，他欺骗了她。

丈夫后来丢了工作，待在家里无所事事，还经常酗酒惹事，对刘晶非打即骂。刘晶追悔莫及，但又无可奈何。

她忍无可忍之下，提出了离婚。离婚后，她没有房子住，只能带着几个月大的孩子，继续和前夫住在一起。

刘晶要照看孩子，不得已辞去了酒店的工作。她在集贸市场上租了个很小的摊位卖小孩的衣服，生活得很艰辛。

三

"我也是在农村长大的，我们有共同语言。我爸爸是镇里的镇长，我们家在农村有十几个大棚，我在工厂里当工人。将来我们就在城里生活，我是城市户口，是正式工人，我将来还要在城里买房子。我不嫌弃你结过婚，也不嫌弃你的儿子，我会把他当成自己的亲生孩子。"

进城

147

大刚信誓旦旦地对刘晶说。他们相处了很短的一段时间后，便坠入了爱河。刘晶相信了大刚，答应了大刚的求婚，两人住进了租来的房子里。

刘晶仿佛有了依靠，有了精神寄托，有了生活保障，她终于可以摆脱和前夫在一起的窘迫，重新组建一个美满的家庭。

大刚和刘晶的相识纯属偶然，那天他站在刘晶的摊位前，被刘晶俏丽的面孔吸引住了。后来，大刚经常来找刘晶，还经常给刘晶买东西，一来二去，两个人就熟悉了。

没想到，大刚也是个骗子，比刘晶前夫有过之而无不及。他根本不是工厂的正式工人，而是个到处坑蒙拐骗的无业人员，他对刘晶说的一切都是假的。当刘晶逐渐地了解了大刚的真实情况后，追悔莫及，又欲哭无泪。她不得不搬回了前夫的家里，因为她已无处可去。

刘晶的生活更加艰难了。她依然在摆地摊，卖那些廉价的小孩衣服，勉强维持着生活，她没有钱租更贵的摊位，只能趁着早晚在集市上摆临时地摊卖货。她要生活，还要养活儿子，如今儿子已经上学了。好在弟弟可以自食其力了。弟弟为了多挣钱，去了一个更远的城市，在建筑工地上当力工。

可惜事与愿违，本就艰难的生活总是更容易陷入雪上加霜的境地。

刘晶最近经常感觉浑身无力，喘不上气，一次晕倒后她被去医院，检查出了神经性心脏病。

"你这样的情况要住院，要休息，不能做体力劳动，不能生气上火。"大夫反复地对她讲。

前夫赌博输了，债主找上门来，家里鸡飞狗跳。在年幼的儿子的哀求和啼哭声中，刘晶不得已替前夫还上了赌债，那是她攒下来给儿子上学用的。

前夫不断惹是生非，刘晶也一直提心吊胆，她好像是任人宰割的羔羊一般。她艰难地生活着，没有能力帮助乡下的母亲，也没有能力改变家里的生活。她在城里举目无亲、孤立无援。

城里是有钱人的世界，那五彩缤纷从不曾属于她。农村来的伙伴有的在城里买了房子，安了家，有的到工厂里当上了工人，有的做起了买卖，但这些事似乎都和她无缘。刘晶是羡慕的，但又是可望而不可即的，她和很多进城来的人一样，过着艰难的生活，有时身无分文，两手空空，有时也会满怀憧憬、踌躇满志。但她总觉得自己始终都在梦里，在一片大雾中，看不到未来。

母亲经常来城里，她不放心在城里生活的女儿，经常带着满满一袋子山珍前来。有树上的山核桃、山梨、山枣、山楂，有漫山遍野的榛子，有各式各样的蘑菇，还有家里养的溜达鸡。那林林总总的山货都是有机的绿色食品，刘晶把它们拿到集市上去卖，很快就会被一抢而空，收获颇丰。

这一次，是大山帮助了刘晶，使她在城里站稳了脚跟。

刘晶回到了农村，回到了离开十几年的老家，她开始收购山货，再运到城里去卖。

现在，她的买卖越做越大，买了汽车，还在城里开了店。但她已经不愿再进城了，她翻新了老房子，又过回了踏踏实实的乡村生活。

二哥

一

炎热的夏天透不过气来，灼热的太阳高高地挂在半空，发出刺眼的光芒。这是个炎热的三伏天的下午。城里的大街小巷都是燥热的，人们走路也都是急匆匆的，并且大多都会选择在楼房和树的阴影下行走。

工厂的车间里更是热气腾腾，那切削产生的烟尘和油雾，震耳欲聋的机器声响，满是油污的工作场地，都给人躁闷的感觉，运转的机器也散发着热量。工人们多半是满脸油光，淌着汗水，苦不堪言，还牢骚满腹。

"不干了，给多少钱也不干了，热死人了！"一个操纵机床的工人狠狠地将工作手套摔在了案台上，大声地嚷嚷着。

一个人带了头，其他工人们也纷纷停止了工作。他们关了隆隆作响的还散发着热量的机器，坐在吹着热风的电扇下面，大家气喘吁吁、一言不发。车间里顿时安静了下来，在空中的吊车工人也停止了工作，下到地面。热气向上走，车间的半空是最热的，吊车工人早已汗流浃背了。没有了吊车的隆隆声，车间里更显安静。励志的标语在车间横梁上悬挂着，非常醒目，和寂静的车间形成了很大的反差。

工厂要求车间坚决完成生产任务，不惜加班加点，工人们疲劳不堪，牢骚满腹。就连车间主任也满口怨言："上头动动嘴，喊喊口号，把任务布置下来就算完成了工作，活还得我们来干。我们要带领工人们干活，要完成任务，有很多的难处啊。"

"要不找工人上来谈话？动员大家继续干活？"

"或者开个班长会？"

"那个带头停工的人，也必须教育。"

"要不向上汇报，还是给工人放个假吧。这天气也太热了，弄不好会中暑的。"一阵讨论后，车间副主任大张对二哥说道。二哥就是车间主任，是车间里的一把手，他和大张同姓，在家里排行老二，因此大张私下里称他"二哥"，既表示亲近，也是对他的尊敬。

因为天气太热，工作环境也不好，车间里的工人停止了工作。这是一件可大可小的事情，如果传出去，就把事情搞大了。这不光耽误了生产任务，还败坏了车间的风气，给工厂造成了很大的负面影响。大张急得抓耳挠腮，在二哥的面前不断地出着主意，但他也黔驴技穷了。

二哥习惯地抽着烟，紧紧地皱着眉头思索着。

"来来来，师傅们辛苦了，这鬼天气也太热了，上面的生产任务又压得紧，你们是一线工人，是工厂里最辛苦的人，车间要慰劳大家，每个人发两根冰棍，解解暑，拔拔凉。"二哥带着大张到每一台设备前给工人送冰棍，其实这都是他自己掏钱买的。

听着车间主任替他们诉苦，工人们都有些不好意思起来。大家感激地吃着冰棍，开动了设备。

"这是主任自己掏钱买的冰棍，他说大家太辛苦，天也太热了，他要感谢大家战酷暑。"大张端着装冰棍的箱子，跟在二哥的后面，恰如

二
哥

其分地补充道。

厂子里表扬了车间，说车间关心职工的生活，生产任务也完成得很好。

因为这件事，大张对二哥佩服得五体投地。

二

大张和他的二哥都抽旱烟，是在农村当知青的时候学会的。二哥比大张大了七岁，二哥常说：

"七岁就是一代人啊，我比你大七岁，就比你大一辈。"的确，二哥经历多，见识也多，但他喜欢摆资格，喜欢显摆自己的"真知灼见"。他在大张面前总是以老大哥自居，时不时就要教育大张一番，但他的教育都是善意的，大张也的确受益匪浅。在二哥的身上，大张学到了很多东西。

炎热的夏天，大张在大田里锄地，那是需要前腿弓、后腿蹬的力气活。在大田里，社员们排成一行，你追我赶地干着农活。有时那地块很大，地垄也很长，累得腿打战，腰都直不起来，大家希望能在地里歇一会儿，能停下来喘口气，但是没有谁愿意先开口。

有些老农很有经验，他们停了下来，用胳臂拄着竖在地上的锄头，不紧不慢地拿出纸来，又从兜里不紧不慢地掏出烟末卷起来，又点上火，慢腾腾地抽了起来。这样既适当地休息了一会儿，还过了烟瘾，不会抽烟的只能干瞅着，连生产队长都无可奈何。不会抽烟的人，是没有理由或借口停下来休息的。

寒冷的冬天，要搞农田的基本建设。社员浑身上下被呼呼的北风吹透了，手也冻得冰凉透红，大家都会到朝南的土坎上去避风，很多人会点上一根烟，虽然火苗微小，但是在心理作用下，也会感到一些温暖。

　　大张就是这样学会抽烟的，开始的时候很不习惯，渐渐地也就习惯了，还抽上瘾了。从此便一发不可收拾，抽烟成了他大半生的嗜好和改不掉的习惯。二哥也是在农村学会抽烟的，而且他的烟龄比大张的还要长，烟瘾也更大。

　　大张要戒烟，但是一直没戒成，他憎恨自己没有志气和毅力。但是就大张自己的体验而言，抽烟是百害而无一利的。

　　抽烟后嘴里总会有一种烟臭的味道，那是难以形容的味道，也是很尴尬的事情，他自己深受其害。抽烟不但口臭，还会口干口苦，那苦巴巴的味道会使人的嗅觉和味觉失灵。抽烟使咽喉肿胀，肺的纹理变粗，使人有胸闷憋气的感觉，整天咳个不停。抽烟的花销也是很惊人的，日复一日、年复一年从来都不会间断的花销，累计起来可是一个天文数字。

　　"我们戒烟吧。"大张对二哥说，这是大张第一次对二哥这样提议。他知道二哥的烟瘾很大，烟不离口的，甚至在吃饭的时候，也会停下来抽支烟。如果二哥能戒烟，那自己戒烟应该没有问题，大张思索着。

　　"戒烟，从什么时候开始戒？"二哥漫不经心地说。

　　"你说，你是二哥，你说了算。"

　　"那就从今天开始，从现在开始。"二哥说。

　　"好，那我们把烟都扔了，眼不见心不烦。"大张下了很大的决心迎合着二哥说。

　　"不！就把烟摆在茶几上，我们看着烟来戒烟。人不能被欲望控制了自己。"

　　后来，二哥居然真的把烟戒了。虽然他说得漫不经心，但从此再也没抽过一根烟，而大张还是没有成功戒烟。

三

二哥是一个外向的人，大张则是一个内向的人，两个人在很多方面有着天壤之别，但是两个人在工作上配合起来却是珠联璧合、相得益彰。

二哥是标准的北方汉子的长相，挺高的个子，国字脸，浓眉大眼，走起路来永远是风风火火的。大张给人的感觉却有些婆婆妈妈的，好像总是沉默不语，永远满腹心事。

二人在一起的时候，总是二哥在说话。二哥说话很有水准，也很有气势。越是人多的场合，他的表现力也越强，尤其是在开职工大会的时候，或是向上级汇报工作的时候。他讲起话来铿锵有力、抑扬顿挫，大家都喜欢听他讲话。他善讲能讲，这是他的特长和本事，大张自愧不如。

大张和二哥接触得久了，看得出二哥的心底藏着怀才不遇。

"我不稀罕这个官，把我惹火了，我就把乌纱帽给扔了，不干了。"二哥嘴上总是这样说，但大张清楚，他心里可不是这样想的。

"文凭算什么？有文凭不一定有能力、有水平，有文凭就能干车间主任的工作吗？能独当一面吗？车间工作是需要实际经验的，是要有能力的，不是能从书本上学来的。"一次车间会议后，二哥大发牢骚。因为工厂里提拔了有文凭的干部当厂级领导，本来二哥也是人选之一，但是他的学历不够，最终落选。他因此而愤愤不平，却又忍无可忍。

大张念过大学，是有文凭的，在这件事上，大张和二哥的观点大相径庭。为这件事他对二哥有了一些芥蒂，二哥想高升没错，但是不能贬低知识。

四

二哥曾经在农村生活过一段时间，和一个漂漂亮亮的农村姑娘谈起了恋爱。

后来二哥回城了，被招工到现在这个大企业里成了国家的正式职工，他的家里反对他找了一个农村人，他和对象的关系遇到了波折和考验。

当时的城乡差别很大，城市户口和农村户口有天壤之别，是否有城市户口对一个人的生活有很大的影响。

二哥的对象在二哥的家里遭到了冷遇，二哥家里的经济条件不错，二哥也是相貌堂堂的人，他在城里也能找一个优秀的姑娘。

"不行，我不能回城了就把人家给甩了，你们给我找的对象我都不满意！"二哥对父亲说。

"幼稚啊，你考虑过将来吗？户口怎么办？吃粮怎么办？工作怎么办？住房又怎么办？"二哥的父亲严肃地问。

"一切我来想办法，反正我不能做对不起良心的事！不能对不起人家！"

二哥和家里闹起了矛盾，而且是不可调和的矛盾。他搬出家里，住到了工厂的职工宿舍，相当于离家出走了。

后来，他终于结婚了，是他自己决定的一切。他的家里人没来参加婚礼，婚礼也办得冷冷清清的，借了一个很小的房子，一切都简简单单的。但二哥却高高兴兴，也心满意足。很多人都很敬佩二哥的决定，但也有人说二哥不懂人情世故，是年轻气盛、鬼迷心窍，将来会后悔的。

其实，二哥也是一个孝顺父母的人，他对没有工作的媳妇也很好。

155

二哥在父母和妻子两边做了大量的工作，一家人后来勉勉强强地又住到了一起。彼时，二哥在单位已经当上了领导。

政策也在变化着，二哥给妻子办了城里的户口，还给她找了工作，一家人都高高兴兴的。

五

和二哥交往久了，接触的时间长了，大张对二哥的了解也多了起来。二哥是一个很有特点的人，是一个有性格的人，也是一个有故事的人。

工厂是一个藏龙卧虎、人才济济的地方，但二哥靠着自强不息、艰苦奋斗，脱颖而出当上了车间主任，还是工厂里最重要的车间。车间的技术很复杂，生产任务也很重，车间的工作在全厂举足轻重，二哥付出了很多，成绩斐然。

但是二哥是一个很有志向的人，他并不满足于现在的工作岗位，他要更上一层楼。但他却没有那些藏龙卧虎、韬光养晦的本事，他热衷于自我表现，这是他的本性。

二哥对下级体贴入微，工人的困难，包括工人家里的困难，他都会主动帮忙。他在车间很得人心，他的工作成绩也有目共睹。

领导总说："这个人有脑子、有思路，也很能干，工作也有成绩，但是他太外向，太自以为是，很难驾驭。"

二哥在群众中的口碑太好，但他过于张扬，这是很多领导忌讳的事。

二哥一直不得志，他是肚子里搁不住话的人，经常发牢骚，因此他一直没有得到提升。

大张和二哥是有感情的，大张也认为二哥有点屈才了，按他的工作能力和工作业绩，应该担任更高的职务，但是大张对这件事无能为力。

二哥很善于做工人家属的工作，大张家里的很多事情都受到了二哥的帮助。那些大大小小的事情，都是二哥忙前忙后，煞费苦心。

后来，二哥辞职下海了，他是为了去寻找能识骏马的"伯乐"的，也是为了有更广阔的发展空间，但是他的性格没有改，他依然是外向的，依然是喜欢表现的。

二哥

抉
择

人生的路是漫长的，但又是短暂的，路是一步一步走过来的，其中
关键的几步却能决定一生的命运。

一

王亮大学毕业了，面临着毕业分配的问题，也面临着发展方向的选
择问题，是开始踏向社会的重要抉择。

很多同学都顺势选择到机关去，到研究所去，到科室里去，到上层
去做一个白领，那是成长进步的台阶，是多少人追求的工作。

王亮想了许多，他的想法和大家的观念大相径庭：到机关去工作是
很理想的，但是机关里人才济济，竞争对手过于强大，自己并没有任何
优势。关键是自己虽然在学校里学到了一些理论知识，但是工厂里真正
的基础知识自己却懂得很少，好像是空中楼阁一般，没有坚实的基础。

到基层部门去工作，那里有丰富的实践知识。总之，自己的一切都
要从头开始，都要从基础干起。王亮是一个有抱负的人，他要把自己置
于没有退路的位置，扎扎实实地成长。车间里有丰富的实际经验，但是
也缺乏技术和理论的知识，工人们更需要技术理论的指导，那里会有他

施展的舞台。

因此，王亮经过反复考虑，决定到车间去工作。这样的选择在当时是有压力的。

"只有学习成绩不好的学生才会被分配到车间去，王亮竟然自己要求到基层去，这是不可思议的事情。"同学们议论纷纷。

到机关去和到车间去有天壤之别，到车间去，是要吃苦的。

王亮考虑了许多，他知道这是人生的十字路口，是一个重要的抉择。

王亮最终选择了到车间去，这是他考虑很久的结果，他下了很大的决心，他要破釜沉舟！

他要从最基层干起，从车间的普通一员干起。他要去吃苦，扎扎实实地从点滴做起。他也给自己规划了人生的方向，那就是要与众不同，要放下身段，要吃别人不能吃的苦，要干大家不屑干的平凡的工作。

二

车间被烟气和油雾笼罩着，太阳的光线从车间破旧不堪的窗户斜射进来。在光线的照耀下，灰尘颗粒在翩翩起舞，到处都是沸沸扬扬的尘埃。

地上摆放着各种各样的机床和工作台，机床的切削声、铣床的哗啦声、钻床的吱吱声、刨床的金属撕裂声交织在一起，震耳欲聋。半空中的吊车也在隆隆作响，厂房摇晃着，人的心里都跟着发颤。

此时的王亮是一副普通工人的打扮，没有丝毫知识分子的样子。满身的油污已经改变了工作服原本的颜色，他的手上也沾满了油污，就连脸上都是花里胡哨的污渍。他对车间的一切设备都一无所知，他要从头学习。

工厂里的设备很多，工种也是五花八门，工具更是琳琅满目，这一切王亮都不熟悉，但是他下决心要了解、熟悉、掌握车间里所有工种的工作。

他选择到车间的各个班组去工作，那是工厂的最基层。车间有十几种各式各样的设备，他计划每种设备都要掌握，他拜不同的工人为师，在每种设备上各当两个月的学徒工人。

就这样，王亮在车间里工作了几年，了解了许多不同的设备，对车、钳、铣、刨、磨等加工设备都有了了解，同时对钳工、电工的工作也有了切身的感受。他还掌握了刀具在切削中的各种角度，还有许许多多的技术和知识，这些都是在书本上学不到的。

他在车间总是以学徒工的身份和工友们交往，空闲的时候，王亮就帮助师傅清洗设备、打扫卫生，他的谦虚谨慎获得了大家的称赞。

了解了基层，了解了工业的基础，加上他在学校里学到的理论知识，王亮在工作中越来越得心应手。他不同于机关里那些脱离实际、指导不了生产的人；他也不同于车间里那些技术薄弱、缺少理论依据的人。王亮成了全面发展的人才，在工作中，无论是讨论技术方案，还是做成果认证，他都有独特的想法。他能把理论知识和实际有机地结合起来，这往往是很实用的，也是很有效果的。尤其是在工厂的革新改造工作中，王亮更是有长足的进步，他为工厂提高工作效率、提高产品质量做了大量有效的工作。

王亮的技术职称越来越高，从技术员到工程师，再到高级工程师。他的职务也在不断地提升，由车间主任到分厂厂长，再到集团副总裁。现在回头想来，当初要到车间去工作，将在学校里学到的知识和实际结合起来，这是王亮最正确的抉择。

一

"这才来的丫头长得水灵灵的，一看就是个在城里娇生惯养的孩子。"女社员们看着小芹悄声说道。

小芹在青年点里是个挺出挑的女青年，她长得不算高挑，但身材很好，头发自然弯曲，很有特点。她还有一双机灵的大眼，一张樱桃小口，说起话来都给人甜甜的感觉。她比同届的下乡青年都小一岁，大家都把她当妹妹看待。

小芹本名叫张淑芹，但是青年们经常管小芹叫"林妹妹"，因为小芹总是一副多愁善感、楚楚可怜的样子，看过《红楼梦》的人都认为她很像林黛玉。

"大姐，你帮我把衣服洗洗吧。我不会洗呀，你教教我，我先谢谢你。"小芹经常哀求女点友们帮她洗衣服。她那可怜兮兮的表情，让人们不忍拒绝。

小芹在青年点里像是一个瓷娃娃，好看但不能干活。在家里，小芹就是一个娇生惯养的孩子，家务活她都不会干，家里也不用她干。她家境富裕，父亲是一个大百货公司的采购员，在物资匮乏的年代，采购员是令人羡慕的工作。小芹刚到农村的时候，吃尽了苦头，她干什么农活都落在大家的后面，一副狼狈不堪的样子。因此，她经常坐在地头上抹眼泪。

参加农村劳动，是青年们下乡的第一关，也是很重要的一关。青年们都明白这个道理，也都积极踊跃地参加劳动，争先恐后地表现自己。

在烈日炎炎的夏季，拔野草是一项艰苦的劳动，青年们的手都磨起了水泡，累得直不起腰来。小芹自然是做不来的，只好边哭边干。好在小芹在青年点里的人缘不错，没有人嘲讽她，大家都尽力照顾她，帮她干农活，帮她挑水做饭。但小芹还是无法忍受那种艰难困苦的生活，她谎称自己生病，跑回了家里。

社员们评价青年好和孬的标准就是干农活，是否肯干，是否出力。他们喜欢默默无闻、踏踏实实干活的青年。因此在社员们的眼里，小芹就是一个不能吃苦的青年。

一段时间后，到了清爽的秋天。小芹的父亲把她又送了回来。小芹露出一副羞愧的表情，大家都表示谅解和包容。

小芹的父亲还在青年点里住了一段时间，带来很多食品送给大家，他还在青年点里收拾卫生，到井里挑水，到山上拾草，很快就获得了大家的好感。

"小芹在城里没有干过出力的活，她不会干，请你们多多包涵啊。这都是家长的责任，是我的错。她有错的地方，你们要批评她，也可以告诉我，我来教育她。"小芹的爸爸对每个青年都这样说，说得很诚恳。这感动了青年点里的很多人。

虽然小芹有些娇气，但是她也有优点，比如能说会道。她说话、办事总是出乎人们的预料，令高书记觉得贴心贴意的，她们的工作关系和私人关系都很好。不久，小芹又兼任了保管员的工作，成了名副其实的脱产人员。在农村的生活也由苦不堪言变成如鱼得水。

二

李兰是和小芹同一天下乡的，她们是一对很要好的朋友，虽然性格大相径庭，但两个人的关系却如胶似漆。她们能够互相包容，像亲姐妹一般。

李兰的父母都是普通工人，她的父亲长期卧床，家里有兄妹五个，生活很艰难。在兄妹中她又是老大，在家里是个顶梁柱。

李兰的长相也很出众，有一种朴实的美，她温柔体贴的性格好像可以征服每一个人。但她有些优柔寡断、瞻前顾后。

她比小芹大一岁，却俨然是小芹的大姐姐一样。下乡后，李兰和小芹的性格差异更加明显了。李兰少言寡语，总是默默地干活。小芹不同，她是个头脑灵活的人，干什么都会动脑子，都会分析利弊，有取有舍，说话、办事也是恰到好处。

人们都说："李兰是会干不会说，小芹是会说不会干。"

在大家的心目中，李兰的威信要比小芹高出很多，因为大家都认为李兰是诚心实意办事、踏踏实实、吃苦耐劳的人。而小芹总是给人云山雾罩、似是而非的感觉。

李兰在青年点里像是一头任劳任怨的老黄牛，更像是一个稳重贴心的大姐姐。在任何场合，人们都很少听到她的声音，她是一个少言寡语的人。

后来，她承担了炊事员的工作，虽然艰苦，她却干得津津有味、无怨无悔。她在青年点里，一直受到大家的尊重。

路弯弯

三

青年点也是个小社会，大家生活在一起，劳动在一起，相互了解得很透彻。

张茂松是青年点里屈指可数的青年，长得相貌堂堂，身板结实，成熟稳重。

他下乡后一直踏踏实实地干活，青年点里的各项活动他参加得很积极，点里的活他都愿意干。他一直任劳任怨，没有半点张狂的样子。

每次提起他，大家都交口称赞："张茂松是个好青年啊，看他不言不语的，但他是哑巴吃饺子——心里有数。他是个细心善良的人，总是笑眯眯的，有前途。"

生活在青年点里的都是二十岁左右的青年，虽然不是青梅竹马，但都是情窦初开的年纪。他们对男女之间的事是懵懵懂懂的，但又是渴望的。

在青年点里互相要好的男女青年有许多，有公开的，有半公开的，还有不公开的。那时，青年男女们谈起恋爱，都是羞于说出口的，而是装在心里，装在含情脉脉的眼神里，装在不经意之间的举动里。旁观者清，很多人会从中观察出端倪，还会起推波助澜的作用，撮合了好几对心有所属的青年男女。青春的躁动，单调的生活，大家对这样的事总是津津乐道，乐此不疲。

大家一致认为张茂松和李兰是般配的，二人都是稳稳当当的性格，也都有吃苦耐劳的精神。于是，大家有意无意地开始撮合这两个人。

张茂松和李兰都是一副羞答答的表情，他们既不承认也不否认，他们的心里是甜蜜的，虽然两个人没有互相表白过，也没有卿卿我我的言行举止，但心里还是很在意彼此的。

四

数九寒天，凌厉的北风在田野里呼啸着，风带起的雪花在空中飞舞，到处一片白茫茫的景色。

大队组织社员们变冬闲为冬忙，要在荒野上修一个很大的平塘。

张茂松是青年点的点长，他要带头参加修平塘的工作，争强好胜的他干起活来总是不遗余力。他的手冻肿了，肿得像个馒头，馒头上又裂开了缝，冒出了血丝。他勉强用红肿的手握着镐头，坚持在荒野上干活。

"茂松，你回青年点里去暖和一下吧，至少也去卫生站把手包扎一下。"大队书记高华三番五次对茂松说。茂松却始终不为所动。他是一个能吃苦的青年，是个男子汉。

突然，工地上一片慌乱，人们把茂松抬起来，向公社医院奔去。

原来是茂松在刨土的时候，冻僵的手握不住镐把，镐头刨在了自己的腿上，伤口深可见骨，鲜红的血染红了棉裤，棉裤也被刨出了一道很大的口子。

茂松被送回了家里，他在城里的医院进行治疗，但是他的腿是粉碎性骨折。后来，他经过康复训练，好歹可以走路了，却是一瘸一拐的，落下了病根。

一段时间后，在茂松的一再坚持下，他又回到了青年点里。他受到了各级领导的表扬，也得了很多荣誉称号，在青年点里也受到了大家无微不至的照顾，但他总是一副垂头丧气的样子，没有了过去的朝气蓬勃、气宇轩昂和意气风发。

他现在需要李兰的安慰，那是别人无法替代的，是茂松的精神支柱。

"这是病号饭，你吃吧。吃了饭就休息一会儿，大队的领导叫你好好休息，让我给你做病号饭。"李兰对茂松说，她说得一本正经，却少了以前的温柔体贴。

茂松非常懊恼，更是百思不得其解："过去是我自作多情了吗？过去李兰见到我，神情羞涩又温柔，现在却冷冰冰的，是她变了吗？还是我误会了？虽然我们过去从来没有单独谈过两个人的事情，没有任何的表白和承诺，更没有过亲昵的举动，但我的心里是有她的。她的心里是如何想的呢？"

茂松的心里一团乱麻，如今身有残疾，他想得很多，也很敏感。李兰的变化深深地刺激了茂松的心，二人的关系发生了微妙的变化。

李兰的确是一个优秀的姑娘，她踏踏实实、吃苦耐劳，是一个很务实的人，或者说，她也是一个很现实的人。家庭的困难和经历的磨难使她比同龄人更成熟，她冷静地考虑了她和茂松的关系，虽然点友们曾经撮合过他们，但她那时认为自己高攀不起。

自从茂松受伤后，李兰那颗善良的心也很受撼动，她想改变过去的想法，她想好好地照顾茂松，但是她想了又想，还是打起了退堂鼓。家里的困难本就令她焦头烂额，已经残疾的茂松会使将来的生活雪上加霜。她的想法是实际的，也是理智的。

她决定断了和茂松之间的关系，当然他们之间本就没有实质性的关系，但对李兰而言，这仍然是一件很痛苦的事情。

五

李兰对茂松态度的变化出乎大家的意料。

"李兰是个市侩的人，看她过去对茂松含情脉脉的，原来都是假的。"

"患难见真情啊，李兰这样做可有些无情了，她究竟是怎么想的？"

"现在的茂松和过去不一样了，李兰是知难而退，她是聪明的，这无可厚非。"

大家对此议论纷纷，也各执一词。但在大家的心中，李兰的形象一落千丈。更出乎意料的是，一贯娇滴滴的小芹，却和茂松要好了起来。

经过在农村的锻炼以及高华书记的教导，小芹的身上发生了不小的变化，早已不是刚来到农村时的娇气模样了。

小芹公开地追求起了茂松，她经常把从家里带来的食品送给茂松，在众人面前也从不避讳。原来小芹一直暗恋着茂松，之前碍于李兰，她才选择回避这段感情。可现在，她义无反顾地照顾起了茂松，她的心意是那样真诚、单纯，深深地打动了茂松。

五十年过去了，茂松和小芹相伴走过了大半生。在青年点时，两个人一起考上了大学，后来又结成了伴侣。是小芹的鼓励与不离不弃让茂松恢复了斗志，考上了大学。现在的茂松，已经是一个成功的企业领导者了，虽然他走路还是一瘸一拐的，但在这条弯弯的人生之路上，他找到了可以携手前行的人。

河边青青草

　　山沟里的泉眼一年四季都咕嘟咕嘟地向外冒着水。在炎热的夏天，如果捧起泉水洗把脸，那感觉清爽又酣畅；捧起泉水喝一口，那滋味甘甜又解暑。在严寒的冬天，泉眼中冒出的水从不封冻，雾气萦绕着，像是一团白色的云落到了地面。

　　泉水一年四季顺着山沟里的坑坑洼洼流到了村里，细流与来自四面八方的山水汇集成了一条小河，那河在雨季往往会变得汹涌澎湃。若是再冷一些，小河摇身一变，就变成了一条光滑晶亮的冰河，静静地停落在山间，如一条沉睡的冰龙。

　　走过肃杀的寒冬，春天来了，河边的杨柳倒垂着探向河里，嫩绿的草叶率先拱出了地面，铺满了两岸。在春暖花开的时候，那草又织成了鲜绿色的地毯，地毯上还有星星点点的花朵，招惹着蝴蝶飞来飞去，翩翩起舞。

　　美华在村里是数一数二的漂亮姑娘，她圆圆的脸上镶着一双仿佛会说话的眼睛，说起话来总是细声细气的，带着羞涩的表情，微微发红的脸上也总是挂着甜甜的笑容。美华性格温柔，赢得了村里人的一致称赞，就连最挑剔的村妇都挑不出她的不是。

　　美华还是村里的勤快姑娘之一，她经常到河边洗全家人的衣服。母亲早早去世，美华为了照顾家里，小学毕业就辍学了。她回到了家里，担起了家庭主妇的责任，把家里的一切都打理得井井有条。她经常到河边洗衣服，就连冬天也不例外，她认为洗衣服也是一种快乐的享受。

春天的河边静悄悄的，只有潺潺的流水声，像美妙的、不停歇的音乐。蔚蓝天空上偶尔会飘过几朵白云，映在河水中如诗如画。美华心情愉悦地观赏着美景，聆听着美妙的声音，无拘无束地遐想着，不由得微笑起来。那捶打衣服的节奏便是她的心声，她的心在跳跃、在欢唱。

美华已经二十岁了，也到了情窦初开的年纪，她早已有了心仪的人，是她小学的同班同学，叫志刚，住在一个村子里。两个人已经秘密交往几年了。他们经常坐在河岸边说着总也说不完的话，憧憬着美好的未来。

他们的感情像大山一样厚重，也像河水一样清澈。手下的捶打节奏快了起来，美华的心情更加雀跃了。

几年来，他们的关系经历了风风雨雨的考验，志刚在她的支持下考上了大学。现在他毕业了，分配在城里工作。他们也准备定亲了，约定等他工作稳定了就回乡结婚。

志刚努力学习就是为了将来让美华过上好日子，多年来，美华就是他的精神支柱，是他努力的动力。而且上大学的时候，美华还给了他很多生活上的资助。志刚发誓要报答美华。

志刚虽然在城里工作，但每周都要回到村里来，在河边向美华讲述城里的一切。他的工作、他的生活、他的所见所闻，他现在所讲的都是美华见所未见的。

志刚是一个不甘寂寞的人，在城里耳闻目睹的一切改变了他过去的一些想法，他毫无保留地向美华娓娓道来，信心满怀，踌躇满志。

美华默默地听着，志刚的一些话她其实听不懂，但她相信志刚，也关心志刚。

他们推迟了结婚的日子，美华支持志刚干一番事业，虽然她已经默默地准备好了自己的嫁妆，虽然她满怀激动和喜悦地为结婚而筹备许久。

城里的生活令人眼花缭乱，但这些都不能使志刚心动，他不是那种见异思迁的人，他的一颗心都在美华的身上。他永远忘不了河边青青草，更忘不了站在河边等他的那个姑娘。

改革的春风来了，乡村和城里都发生了日新月异的变化，志刚也在潜移默化地变化着。他本就不满足于在单位里默默无闻、平平淡淡地工作一辈子，他想建立自己的事业，想闯出一片属于自己的天地。

美华还是默默地听着，深信不疑。她崇拜志刚，她坚信志刚说的一切都是正确的，她憧憬着遥远的幸福。

志刚辞去了单位的工作，义无反顾地下海经商了。他的确是不同凡响的，在改革的大潮中如鱼得水。后来他搞起了房地产开发，干得风生水起。

"你是个天才，才下海几年，就成了大老板！"不少人对志刚说。

"别太累了，身体是本钱。"美华再三叮嘱道。

这几年下来，志刚一路打拼，他们的婚期也一拖再拖。

"等我稳定了，我们就结婚。我欠你的太多了。"志刚内疚地对美华说。光阴似箭，美华快到二十六岁了，在乡村里已经算是大龄青年了。她和志刚的恋爱长跑已经过去了八年。

美华不懂志刚生意上的事，也很少到城里去，但她的心在志刚的身上。她更关心志刚的生活和健康。

美华向往和志刚永远在一起，过着和村里人一样安宁、平静的生活，建立一个美满的家庭，这是她梦寐以求的未来。志刚也是如此，他和美华感情深厚，但他又是一个不甘平庸的人，他要全力以赴地出人头地。

如果可以找到一个志同道合的帮手，一个懂自己的人，或许就能轻松一些了。渐渐地，志刚的心里有了这样的念头。但他也知道自己不能忘了美华，他亏欠美华的太多了。但美华对他的事业没有任何帮助，这令他感到遗憾，他第一次意识到了美华的欠缺和不足。

志刚有时甚至还认为自己当初是幼稚的，美华的体贴入微、情意绵绵根本帮不了他。后来，志刚回村里的次数减少了，他和美华之间的话语也减少了。他变得沉默起来，在美华面前，总显得心神不宁。就连那青青的河边草，在他眼里也变得稚嫩、无所用了。

志刚的事业逐渐稳定，可他却再没提起和美华的婚事。似乎明白了什么的美华也不再提起，她的愿望和憧憬跟着消失了。

河边的青青草依然如故，山上的泉水还在淌着。

没想到，几年后，志刚破产了，他孑然一身又回到了村里，一副垂头丧气、一蹶不振的模样。美华不计前嫌地帮助了他，但是她知道，他们之间再也回不去了。人的感情不像河边草，吹绿一年又一年，它经不起试探，更经不起反复。